悟解美国

一个留学生眼中的美国规则

许天启/著

外文出版社
FOREIGN LANGUAGES PRESS

图书在版编目（CIP）数据

悟解美国：一个留学生眼中的美国规则 / 许天启著．
—北京：外文出版社，2013
ISBN 978-7-119-08539-5

Ⅰ．①悟… Ⅱ．①许… Ⅲ．①随笔—作品集—中国—当代 Ⅳ．① I267.1

中国版本图书馆 CIP 数据核字（2013）第 205615 号

悟解美国：一个留学生眼中的美国规则
许天启 著

责任编辑　王　志
策划编辑　连凌云

© 外文出版社
出版人　徐　步
出版发行　外文出版社有限责任公司
地　　址　中国北京百万庄大街 24 号
邮政编码　100037
网　　址　www.flp.com.cn
电　　话　（010）68996140
印　　刷　环球印刷（北京）有限公司
经　　销　北京时代联合图书有限公司
经销热线　010-65512133　65523381
开　　本　32k（880mm×1230mm）
印　　张　6.375
字　　数　127 千字
装　　别　平装
版　　次　2013 年 9 月第 1 版　2013 年 9 月第 1 次印刷
书　　号　ISBN 978-7-119-08539-5
定　　价　25.00 元

本书图片由 CFP 视觉中国提供和作者自行拍摄

版权所有　侵权必究

目 录

▶ 缘　　起 / 1

　　踏上旅途：美国，我来了 / 3
　　留学：我们这一代人的集体回忆 / 5
　　学会自立 / 7
　　"战友"情 / 9
　　家、故乡和我们的中国根 / 11

▶ 国家利益与公众知情——规则内的媒体自由 /15

　　民众的利益高于一切：从"五角大楼文件"事件
　　看美国的媒体自由 / 18
　　猪湾事件：媒体自由的另一个版本 / 24
　　自由的底线：法律赋予的自由权利有多大？ / 29

▶ 自由背后的无形手——美国政府对媒体的引导 /33

　　个人观点还是统一思想？藏在影子中的政府力量 / 37
　　从规则的制定者到服从者：政府身份的变化与宣
　　传手段的不同 / 47

▶ 政府与政治体制的分离——一个天然的挡箭牌 / 51

▶ 枪案不断，屡控不禁：美国枪支的历史与文化 / 61

  枪杆子建立起的新大陆：美国初创与枪支的不解之缘 / 66

  枪文化：制约美国枪支政策的现代原因 / 72

  何去何从：文化与历史对政策的影响 / 79

▶ 总统大选——全民参与的盛会 非全民参与的结果 / 83

  探访选战的最核心：奥巴马竞选总部 / 85

  谁能成为美国总统：选战的策略和技巧 / 90

  选举人制度：一人一票仅仅是过程 / 93

  四年以后，重振旗鼓：花落谁家并无妨 / 100

▶ 选战幕后：明枪暗箭为选票——负面竞选 / 103

  谣言与诽谤齐飞：负面竞选的前世今生 / 107

  聪明反被聪明误：负面竞选也会引火烧身 / 113

  尔虞我诈的背后：对规则的利用 / 116

▶ 公众利益和个人权利的平衡——集会自由的边界与规则 / 119

  被迫终止的集会：自由政府抵制占领运动 / 123

  自由的界限：集会自由也要有规有矩 / 125

  制度的平衡：社会的利益高于个人 / 129

目 录

▶ **大学城和小镇生活：感受美国城市化 / 133**

  我的大学：从小镇生活体验城市化 / 137

  美国大学城：隐藏在乡间的经济发动机 / 142

▶ **传达民意的双刃剑：利益集团和说客公司——政治机器的润滑剂 / 149**

  一切政策的幕后推手：那些隐藏在聚光灯背后的游说公司和利益集团 / 153

  政策推动双刃剑：利益集团也能为民服务 / 159

  买下整个华盛顿的男人：超级说客玩转美国政治 / 161

▶ **误解的缘由：不同的世界，不同的历程 / 173**

▶ **后记：青春留念 / 193**

缘　　起

缘 起

踏上旅途：美国，我来了

　　作为一个八十年代末出生的年轻人，美国这个名词从我们记事起就时常萦绕耳畔。对那时的我来说，美国是一个既非常熟悉却又完全陌生的国度。那时我还并不清楚国家是什么概念，也不理解帝国主义和阶级仇恨的含义，只是从大人们的口中、课本里和新闻上知道远在万里之遥的西方有个国家很强大，很霸道，是世界的头号强国。

　　然而，随着年龄的增长，大家对美国的反感情绪似乎在逐步减弱，取而代之的是渐渐升温的好感。社会上对美国的颂扬之声此起彼伏。国内各类媒体对美国社会、政府系统及其制度的褒奖更是络绎不绝，但大多雷同。这些文章笔下的美国，其自由、民主和平等程度之高令人咋舌，其各产业的发展状况之繁荣也令人艳羡。于是许多国人去了那里，其中也有很多人选择长驻异乡，成为了美国公民，也成为众多国内亲友羡慕甚至嫉妒的对象。在人们眼中和语境中，美国的优点似乎被神化了：那里如天堂般静谧祥和，政治制度健全且公正，没有贪污与腐败，社会井然有序，人民安康幸福。但是，美国究竟有多好，恐怕是萦绕在许多国人心中的一个疑问。种种美闻多少有些道听途说或以讹传讹之嫌。毕竟真正到访过大洋彼岸的人少之又少。这样一个让驻足者安居乐业，让外来者乐不思蜀的世外桃源，是否真实存在，多少令人生疑。

伴随着我逐渐成熟和对各家之言的广泛涉猎和思索研究，一个更加具体的美国逐渐形成在了我的意识中。众多媒体如《环球时报》上的美国虽然优点颇多，但并不那么完美，黑暗的一面与其他诸国相较，有过之而无不及。腐败依然存在，生活在水深火热中的劳苦大众依旧无助。传媒和学者对美国褒贬不一的评论也越来越多地进入我的视线。整个世界在以更加多元和客观的态度来对待这个世界上最受争议的国家。每个人的眼中都有不同的美国。我所了解的美国难免是片面和失真的。因为中国和美国之间存在着显而易见的巨大差异。

17岁那年，我终于踏上了这片神秘的土地，开始专修自己的学业，并有幸以第一视角，观察并感受这个被无数人赞颂或批判的国度。在历经六年学习有关美国政治学、经济学的知识，并体验了美国小镇和大城市的生活后，我才对美国有了一些浅薄的认识。当反思赴美求学前对美国的种种解读，发现我曾经对美国有着许多误解。这些误解并不完全与意识形态有关，而是由于文化的差异和信息的闭塞所致。事实上，国内外有许多学者和前辈都早已对美

缘 起

国有过详细而准确的描述和解读，但这些巨匠、大师的作品往往深奥难懂，并不为我们这样的普通人所接受。所以我想以我所见、所闻、所想去试着浅显地解读那个被我们所误解的美国，还其以本来面目。本文的目的既不是颂扬，也不是抹黑，但求于不置臧否中返璞归真。在仿效美国之风日盛的时代，记录下我眼中的最真实的美国。

留学：我们这一代人的集体回忆

随着国外各高校陆续开学，八九月份的首都机场国际大厅总是异常的忙碌，办理前往美国航班登机手续的站点总是排满了行色匆匆，带着大包小包的年轻人。他们中的许多人看着还十分稚嫩，不过是高中生的年纪，眼神中带着一丝对未知世界的憧憬和兴奋，但心中的紧张也从手里紧紧攥着护照和文件中显露出来，生怕一不小心把这至关重要的身份证件弄丢了。孩子的家长们在外面目不转睛地翘首等待着，脸上写满了对自己幼子的不放心和即将别离的伤感，偶尔从他们眼中闪过的泪光告诉我们，恐怕这是他们的雏鹰第一次离巢。在办理登机的队伍中也有些年轻人看上去更成熟和从容一些，娴熟地将所需的文件从自己随行的包中抽出，再专业地将硕大的旅行箱精准地放到托运轨道上。他们的家长也稍显轻松，似乎已经习惯了这样的场景。不用说，这一看便是经历过无数次告别的"老兵"

悟解美国
一个留学生眼中的美国规则

了。而就是这样一些看似稚气未脱的年轻人组成了一支庞大的留学大军，像候鸟一样每年往返于世界各地，离开生养他的家庭和故土，踏上大洋彼岸的异国他乡去求学和生活。根据美国教育协会公布的数据显示：2011—2012年中国在美留学生已达到19.4万人，[1]超越了印度和韩国，成为在美国留学生人数最多的国家。而根据中国留学发展报告的数据显示，2011年度我国的留学人数已达34万人。[2]从1978年到2011年，共计225.41万人成为了留洋大军中的一员。由此可见，留学已不再是少数人的特权，而已经逐渐成为我们这一代人的共同经历。

自小便经常从父母和长辈的口中听到他们那代人的集体回忆。我的父母都是八十年代从外地考入北京的大学生，从小便跟我说过许多关于他们当年挤着硬座火车经历二十余个小时，孤零零地开始闯荡偌大北京城的故事。身边同年龄的叔叔阿姨也或多或少地表达过类似的情怀，考来北京的骄傲，初来乍到的窘迫，孤身奋斗的艰难。每每聚餐时，这样的集体回忆总会一次次地上演，父辈们的脸上多少会泛出些青涩年华时的样子。时过境迁，虽然我生活的年代和家庭条件已和父辈们相去甚远，但对照我们这代人经历的留学生涯，竟与他们当时有惊人的相似，只不过是用飞机代替了火车，美国代替了北京。读本科时，每次返校都是一次远征。从北京到芝加哥的航班大约十三个小时，再加上转机大约三个小时，之后还有三个小时的车程。而当时作为"新兵"第一次登陆的我们，直到后来才明白，漫漫长路在走出海关大厅的那一刻才刚刚开始。偶尔回忆

缘 起

起各自当年的种种趣闻,以及后来所经历的种种轶事,无论在哪里留学,无论背景如何,总会有一些引起留学生共鸣的桥段和故事,触碰到我们当年的那些辛酸往事。留学也成为了我们这一代人的集体回忆。

学会自立

在即将踏上归国旅途的时候,不由得想问在六年的留学生活中到底获得了什么?除了学识、经历,我想更重要的是学会了自立。经过这些年的独处,不论在世界的任何角落,只要收拾起行囊便可以出发。不再战战兢兢地害怕与生人接触,不再畏畏缩缩地局促一隅,即便无亲无故,即便孑然一身,也只不过是重新再来一回,"这算得了什么"。曾经那个父母心中四体不勤、五谷不分的乖宝宝,曾经那个老师眼里两耳不闻窗外事的好学生,已经蜕变成了能掌握自己未来,主宰自己生活的成熟青年。身为独生子女,做惯了撒手掌柜的我们,恐怕在留学前没碰过几下锅碗瓢盆,也没做过几次家务活,除了学习似乎没有什么太多需要我们操心的事情。然而,海外求学的生活让这些琐事责无旁贷地落在了我们身上。经常与同学开玩笑说,留学生个个都是技校出身,有车的能修车,有房的能修房,干得了裁缝,下得了厨房。这些生疏的技能终于在一次次的失败和尝试中逐渐熟练了起来。而许多生活的困难和不易，也有意无意地向父母隐瞒，只报喜不报忧，怕的是他们在地球的另一端干着急。

　　自立并不仅仅体现在生活方面。由于所处世界的诸多不同，对于学业的规划、未来的设计，父母对我们的指导渐渐成为了辅助。从选课到择校，从租房到买车，每一项决定已经不再是以前听父母话的结果，而是通知父母自己决定的讨论。留学以后，父辈们能传授给我们的更多是经验、教训，以及精神上的鼓励和物质上的支持，他们对国外情况的了解已经不足以应对我们面对的诸多现实问题，也很难设身处地地想象我们目前的境遇。最终做出选择的人还是我们自己。独立生活也让我们学会了如何支配时间和金钱。大学生活本就不再像中学时那样严格地遵照统一的作息时间，父母又远在千里之外，对时间的规划凭借的只有自律。在图书馆挑灯夜战，在寝室埋头习题，已不再是因父母压力而造成的无奈之举，而是为自己的目标努力拼搏的自发行为。由于出门在外，许多父母对金钱的管理也不再像往日那样严苛，将半年或一年的所需通通汇入账户让孩子们自己支配，而对所需的估计也往往是按照孩子们汇报的来提供。这让我们这些毫无收入的穷小子一下"陡然而富"。我们慢慢地学会记账，学会节省，学会精打细算来管理自己的财产。许多人在校内做助教、舍管，或者在校外打工、实习来补贴自己的开销。虽然更加辛苦却也享受着自己劳动所得的喜悦。用自己节省的钱为亲友置办礼物，用自己的薪水为父母减轻压力，留学生活让我们明白了生活的不易和父母的辛劳，更加对父母为我们所做的

缘 起

一切充满了感激。

最终,这些点滴的细节变化让我们在几年的留学生活中,明白了自己想要为之奋斗的目标和计划,并通过自己力所能及的努力一步步地向着目标有条不紊地迈进。无论是想回到祖国怀抱开创一番自己的事业,还是留在海外享受宁静、安逸的生活,我们不再单纯地接受别人的安排与布置,而是更相信自己的判断和思考。即使有些年少轻狂,即使有些想入非非,我们更愿意在这个年纪不惜代价地去追逐自己的梦想和构建我们自己想要的美好生活。最后,即便命运多舛或事与愿违,也不会因从未尝试而悔恨,不会因错过机遇而懊恼。重要的是我们正在掌握着自己的命运!而这正是自立带给我们的本钱。

"战友"情

身为军人的哥哥经常提到部队中的战友情,那种靠着并肩作战,朝夕相处换来的珍贵情感,他们视战友为挚爱的手足,视部队为温暖的家庭。他时常为我从未有过这样的感情而惋惜。我笑了,因为作为留学生的我们,身边也有这样一群"战友"。虽然我们并不需要一起出生入死,也没有枪林弹雨,但共同生活的岁月同样磨砺出了我们兄弟般的真挚情谊!背井离乡的我们在漂泊的岁月里相互扶持、照应。每一步的背后都有他们鼓励的身影,支撑着我完成学业、追逐理想。

古人云"落地为兄弟,何必骨肉亲"。直到自己身处异乡,才真正明白这句话的含义。每年的新学期开始,高年级的学长总会无偿地去机场接新生。与一个年年都去的学长交流为何如此积极,他说:"当年我们也和这些新生一样,自己一个人扛着大包就来了,这是他们最需要帮助的时候!"的确,绝大部分的我们并没有亲人与旧交在大洋彼岸等待着我们的到来,更多的是只身一人便开始了这场旅途,最彷徨的便是在刚刚下飞机的那一刹那,举目无亲又不知南北,这个时候最需要的就是过来人的帮助。学长们的出现无疑是雪中送炭。素昧平生的他们忙着帮我们搬运行李,熟悉校园。告诉我们学校的情况、自己的经验,甚至还要带着我们购物、办卡。这些看似细小的琐事,对于刚"登陆"的我们来说确是异常的困难。而师兄师姐们看似举手之劳的帮助,也给我们提供了莫大的方便。

随着时间的推移,我们慢慢也在这里结识了更多兴趣相投的朋友,他们来自祖国的大江南北,说着五湖四海的方言,有着迥异的性格和志向,开学时的简单问候和嬉笑,开启了未来几年一同奋战的生活。国外的日子相比国内生活总是要冷清些,没有了从小一起玩大的发小,也没有了一起摸爬滚打的哥们儿、伙伴,身边这些弟兄便成了仅有的朋友。虽然也会有关系甚好的异国友人,但文化和语言上的差异阻止了他们进入这个圈子。回想几年生活的片段,多少欢笑与哀愁是与这些人一起度过。是他们在你高兴时与你对酒当歌,是他们在你悲伤时为

缘 起

你擦去眼泪,是他们陪着你高谈阔论,是他们伴着你书写人生。也正是他们在你生病时,忙前忙后,送饭买药。也是他们在春节时,与你一起庆祝苦涩的团圆。多少个日夜,我们一起在图书馆攻克难题;多少个晨曦,我们一起在校园锻炼身体,间或坐在草坪上发发牢骚、打发时间。偶尔的拌嘴与不和,随着时间流逝,逐渐成为日后聚会时的谈资,当年的那些轶事也成了大家联络情感的桥梁。不知不觉中,几年的时光这样过去。直到要挥手告别,我们才发现这段经历的可贵。志向不同的伙伴们,就此一别可能后会无期。除了衷心的祝愿对方顺利前行,也只能希望在以后的路上早日重逢。

在没有家人的远方,他们就是家人。在没有兄弟姐妹的现今,他们就是我的兄弟姐妹。

家、故乡和我们的中国根

直到自己踏上了远行的征程,经历了几年漂泊的生活,我们才彻底领悟想家的感受。直到自己来到大洋彼岸,生活在一个与自己成长的环境有天壤之别的异域,我们才终于开始明白什么是乡愁。也直到我们手握印有庄严国徽的护照来到祖国之外,并以中国人骄傲地称呼自己时,我们才感知到自己心中深深的中国根。

小时候的我们,不知道想家,因为家就在跟前,近在

悟解美国
一个留学生眼中的美国规则

咫尺。甚至希望能早日离开,好躲掉父母的唠叨。记得第一年在美国,因节日在俄亥俄河边看烟花,漫天五彩缤纷的烟火将我的思绪也一下拉回到了北京的大年三十。想起京城火树银花的盛况,一家人聚在一起的温馨,满街的红火和热闹,不觉心头一酸。在远方看到属于自己故乡的标记,总会涌起一丝淡淡的乡愁。出国多年,家和故乡已经从一个实实在在的地方变成了自己心中牵挂的思绪,虽然远隔万里,但似乎从未离开。久未与父母一起生活,习惯了用网络和电话沟通,让曾经不厌其烦的唠叨越发显得可爱。家长里短的闲言碎语织成了我们对家的回忆。年少的我们曾经无数次地缠着父母要去品尝汉堡和比萨的美味,而当我们真正生活在麦当劳和肯德基的诞生地时,想吃的却是家里的粗茶淡饭和父母拿手的菜肴。生息在自己的故乡,很容易忽视那些文化中与生俱来的习俗和传统,很少好奇其中的缘由,也并不特别在意它的存在,只是年复一年地照章行事,更希望能摆脱这些规矩。而直到离开了属于自己的那片热土,身边的一切不再是熟悉的景象,才开始珍惜故乡的印记。中秋,元宵,端午,从前毫不在意的节日,却要在异国他乡一丝不苟地度过。以前从不问津的食物、小吃也成了寄托自己情感的载体,即便是变了味的美式中餐,也具有独特的家乡味。在异国的街上听到熟悉的乡音,看到熟悉的面容,即便素不相识,也会相视而笑。走得愈远,愈是需要通过种种仪式和传统传递自己对家和故乡的思念,也愈能体会到月是故乡明的乡愁。

一个热心于公益事业的同学曾经发出过这样的感慨:

缘 起

"只有为自己的国家奋斗才会发自内心地激动,其他的地方再好也似乎与我无关。"我们对家和故乡的情感并没有止步于思念,它们慢慢发酵升华成了对祖国的热爱。虽然作为一个初出茅庐的学生,我们尚不能身负责任鸿渐于干,为国定策,但这不妨碍我们关心祖国的每一点变化。每每新的政策出台,必然是同学们聚会时讨论最热烈的话题。我们虽然尚不能著书立说,但这不妨碍我们指点江山,激扬文字。用我们自己的见解去判断政策的利弊和国家的未来,或对或错,或激进或保守,都已无关紧要,中心只为了我们自己的国家能变得更加繁荣昌盛。虽然我们尚不能用物力和财力去挽救那些需要帮助的人,但这并不妨碍我们用自己的智慧和勤奋为那些弱势群体解决燃眉之急。身边的同学或放弃了自己高薪的职位,投身于用技术改变农村的行列,或以网络为载体拉平学校间教育的差距,再或利用假期去祖国边陲调研,为环境保护疾走。也有的同学致力于在学校创办学生组织,邀请各方面的专家学者来为我们讲解祖国的现状,或者创建公益团体将同学们脑中的点子变为现实。而更多的同学则在祖国需要的时候付出自己的绵薄之力,北京奥运、汶川地震,都留下了海外留学生的身影。许多莘莘学子更是在结束自己的学习后,放弃国外的安逸生活,义无反顾地踏上回国的旅途。

诗人艾青曾经说过:"为什么我的眼里常含泪水,因为我对这土地爱得深沉。"能有机会走出国门,见识世界的精彩和繁华,我们是非常幸运的一批人。我们的前辈,许多因为大环境的局限,不能一尝留学的滋味。我们的同辈,也有许多因为现实的因素未能圆梦。这让我们更有理由用自己的所学去回报生养我们的父母和祖国。我们也更有理由回到祖国的怀抱去建设自己的故乡,让更多的年轻人能有机会追逐和实现中国梦。

国家利益与公众知情
——规则内的媒体自由

国家利益与公众知情
规则内的媒体自由

媒体自由一直以来都是美国标榜的一大亮点，从好莱坞大片中即可窥见一斑。在一部部剧情丝丝入扣的电影中，身居要职的高官时常扮演着幕后黑手的角色，不是监守自盗就是杀人越货，贪污受贿更是如家常便饭般平常。拥有最高权力的总统阁下也不断地受到来自各方的威胁与陷害，刚刚摆脱了来自重量级参议员的暗杀危机，随即又身陷中情局的某位大人物的圈套之中，可谓防不胜防。美国的编剧和导演似乎没有任何束缚，可以任意编排自己想要的剧情及效果，享受着绝对的自由。广大观众也当然乐得其所，享受电影本身带来的感官刺激。如果说好莱坞电影中的剧情是对现实的过分夸大，那么每日各类报纸杂志对政府大胆的批评和指责恐怕便是媒体自由的标准范例。美国政客们的从政之路可谓辛苦，需要谨小慎微地处理好自己的每一次表态、每一个动作，稍有不慎就会被媒体批得体无完肤。大至政策宏论，小至语病瑕疵，无不在记者的抨击范围之内，且大有狗血淋头之势。而各种形式的脱口秀更是夸张，讽刺、挖苦无所不用其极，摆出一副语不惊人死不休的姿态，定要让当事人七窍生烟、无所遁形。刚来美国时确实惊叹于这里媒体的自由度，言语中毫无顾忌，政府也疏于管理，大有放任自流的态势。但是，随着对美国媒体与政治学习的加深,我才慢慢发现,我们所看到的一切更多的是媒体自由的表象。诚然,美国的媒体享受着极大的自由权,但这样的自由并不是绝对的,而是相对的。媒体自由的底线是宪法中赋予的基本权利,这些权利是有章可循,有法可遵的。但如有违背,依然会被剥夺享有自由的权利。换句话说,美国的媒体自由是规则内的自由。

民众的利益高于一切:
从"五角大楼文件"事件看美国的媒体自由

说起媒体自由,"五角大楼文件"事件可谓经典。丹尼尔·埃尔斯伯格毕业于哈佛大学,曾是一名经济学者。然而在上世纪七十年代,他却被国务卿基辛格先生称作美国最危险的人[3]。从一名学者到一名军官再到一位家喻户晓的反战人士,他与越战的不解之缘不仅改变了他的一生,也注定改变了美国。1964年8月4号清晨,作为当值官员的丹尼尔第一个接到了东京湾美军舰被袭事件的报告,并直接向助理国防

2010年,已白发苍苍的丹尼尔·埃尔斯伯格出席活动

国家利益与公众知情
规则内的媒体自由

世界各地的人们纷纷走上街头反对越战

部长麦克诺顿进行了汇报[4]。正是这个报告以及后来发生的连锁反应开启了日后臭名昭著的越南战争。之后的两年里，丹尼尔以平民的身份随美国军方工作组亲赴越战第一线，实际参与和观察美军在越南的行动[5]。1967年，鉴于丹尼尔不仅目睹过第一线的战斗，且曾参与了越南战争的决策制定，他受邀参与到一个由国防部长麦克马拉领衔研究的，关于美国政府和美军在越战中决策的报告小组中，并于1968年完成该报告[6]。这份绝密报告不仅毫不留情地批评了美国政府对越南政策的失误，而且揭露美国政府在意识到难以取得战争胜利的情况下，为避免承认失败和撤军而企图延长和扩大战争，以至于将国家利益和军士的生命抛之脑后的险恶用心[7]。为避免公众和国会的指责，政府一边安抚民众不再扩大战争，另一边增加部队的数量，改变攻击的方式和力度以求速胜。更为严重的是，总统和内

悟解美国
　　一个留学生眼中的美国规则

1972年，越南老兵反战组织的成员们在街头抗议战争

国家利益与公众知情
规则内的媒体自由

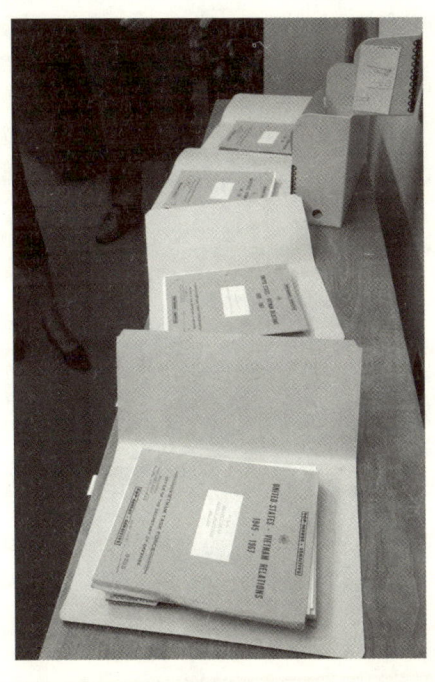

2011年6月13日,美国德克萨斯州奥斯汀,"五角大楼文件"在遭泄密40年后,终于得以集中公开

阁成员蓄意向民众隐瞒了诸多美军在越作战的恶劣行径[8]。这份报告呈递给国防部长后不久,受到反战思想鼓舞的丹尼尔在同事的协助下,私自影印了报告中的部分内容,转交给了部分反战参议员、学者和纽约报社记者。1971年6月13日,《纽约时报》刊登了第一篇关于国防部秘密文件的报道,并转载了其中一份文件[9]。尼克松政府恼羞成怒,勒令《纽约时报》停止刊印并誓言将对其进行惩罚,但这一要求被《纽约时报》的代表直接回绝[10]。虽然尼克松政府一再以危害国家安全的嫌疑为由,成功延缓了《纽约时报》继续刊登报告[11]。但丹尼尔仍将报告发给了《华盛顿邮报》等十余家报刊社,让众多媒体知晓并刊登此报告[12]。6月30日,最高法院裁决《纽约时报》可以继续刊登国防部秘密文件的信息[13]。政府对该事件的干预就此不了了之,丹尼尔本人也在这一事件后,成为了著

悟解美国
——一个留学生眼中的美国规则

在越南作战的美军

名的反战英雄被人颂扬。正是这篇报道的出现,彻底揭露了美国政府在战时犯下的种种蒙蔽民众的行为,加速了美国结束越战的脚步。

尼克松政府认为,《纽约时报》转载的是密切关系到美国国家安全与国防的重要信息,将会影响到美国在越南的战略决策以及其他外交、军事政策[14]。《纽约时报》在行使自身自由言论权利的同时也应该受到相应的约束以保护国家的利益[15]。因此,尼克松政府要求《纽约时报》停止刊登国防部文件的文章。而《纽约时报》的辩护律师虽然认同政府在极特殊情况下有终止刊登的权力,但认为国防部报告的刊登远没有达到这样极特殊的标准,继续刊登并不会有损美国国家利益,所以不应被禁止[16]。经过一系列的磋商,最高法院认为政府并没有给出足够的证据,表明这一行为对国家利益的危害,从而拒绝其提出的禁止《纽

国家利益与公众知情
规则内的媒体自由

约时报》刊登的申请[17]。这一裁决作为一项非常重要的第一修正案案例,成为保护言论、出版自由的基石。

这一著名的事件虽是一个极端个例,但纵观美国历史上诸多重大政治事件,往往与媒体的推波助澜密不可分。"五角大楼文件"事件也被后人奉为美国新闻自由的范本而广为传颂。赞扬者认为,《纽约时报》的特立独行和最高法院的最终裁决,充分显示了美国媒体自由、独立报道的权利,任何人、任何机构无权以任何形式撼动这项基本权利。同时,这一事件也洞悉了媒体监督政府的责任和义务,避免政府蒙蔽群众,混淆视听。坚持真理和伸张正义的个人和机构是受保护的,是不能被国家权力制裁的。然而,如果仔细分析这一事件中媒体的角色不难发现,这场胜利不仅仅是媒体自由的胜利,还是法律和制度的胜利。《纽约时报》之所以得以继续刊登,

尼克松总统在越南与前线士兵交流

除了享有言论、出版自由外，所报道的内容并没有涉及国家安全和利益，而是揭开了美国政府自己的遮羞布。作为监督机构的媒体，只是秉承了为大众获取并发布公正信息的宗旨，并未对国家构成实质的威胁，因而才得到了最高法院的许可进行刊登。从另一个角度来看，如果媒体刊登的事件确实违反了宪法中规定的条款，比如报告内容确实涉及到了国家的切实利益，那么媒体也绝不能被允许刊登相关的信息和文章。这种自由是在制度规定范围内的自由，而不是绝对的自由。

猪湾事件：
媒体自由的另一个版本

　　无独有偶，相对自由的观点在另一个著名的美国历史事件上也得到了充分的佐证。肯尼迪执政初期，为了颠覆古巴卡斯特罗政权，中央情报局策划了一起武装颠覆的行动，史称猪湾事件。1961年4月17日，1400个被古巴卡斯特罗政府驱逐的古巴反叛分子在古巴南岸的猪湾登陆，计划进行入侵[18]。古巴这个身处美国腹地的红色政权，从1959年卡斯特罗执政起就一直令美国如芒在背。从艾森豪威尔执政前美国政府便开始策划这样一起颠覆行动。1960年3月17日，艾森豪威尔正式批准CIA颠覆卡斯特罗政府的行动计划，并同意在南美诸国训练颠覆卡斯特罗政府武

国家利益与公众知情
规则内的媒体自由

肯尼迪（左）与艾森豪威尔（右）在一起

装反叛分子的方案[19]。肯尼迪总统就职后很快批准了入侵行动，但一再要求淡化美国直接参与的痕迹。最初的计划是由1400名反叛分子在夜色笼罩下进行突然袭击，并伴随向古巴后方的空降，阻止古巴方面的增援，同时在南部进行佯攻，迷惑敌军。这样一来就可以在古巴本土建立一个与卡斯特罗政府对立的政权，开始颠覆行动[20]。

然而这个本该绝密的行动却早已毫无秘密可言，只有中情局自己还天真的以为所有人都蒙在鼓里[21]。卡斯特罗先生甚至不用派遣任何特工和间谍，光是翻看一下《纽约

悟解美国
一个留学生眼中的美国规则

肯尼迪总统肖像照

时报》对该行动的披露,恐怕就能了解到,一场针对他的"秘密"行动正在紧锣密鼓地准备着。《纽约时报》早在1960年10月之前便已获取了这次秘密行动的相关信息[22]。著名的摄影记者约翰·莫里斯在他的书中提到,在肯尼迪总统选举的十天前,他便得到了关于猪湾入侵的信息,其中详细地记录了美国方面在迈阿密和南美诸国对这次行动的部署、成员安排及大致计划等绝密情报[23]。由于这类事件是史无前例的,他甚至不知道如何处理这样的信息,于是迅速联系《纽约时报》,得到的反馈是,《纽约时报》常驻迈阿密的记者已在关注这个事件[24]。事实上,《纽约时报》的记者塔德·肖尔茨本想在1961年4月6日,也就是进攻计划实施的九天前,用两个版面刊登一篇详细的报道,说明美国对古巴的入侵已经箭在弦上[25]。然而《纽约时报》的编辑经过协商,在大幅删减行动计划步骤和准备程度的细节以及一切可能联系到CIA参与的信息后,刊登了一小部分报道[26]。在肯尼迪政府成功地通过提供反向消息和其他重磅新闻将其淹没在新闻浪潮中后,这篇本应轰动的报道很快像流言一样被人遗忘,直到猪湾事件真正发生后才重新被人记起[27]。

国家利益与公众知情
规则内的媒体自由

猪湾事件中,卡斯特罗领导的士兵

悟解美国
一个留学生眼中的美国规则

1961年6月14日,哈瓦那,卡斯特罗在猪湾事件后召见记者

当然,坊间对于《纽约时报》编辑为何更改了当初的报道,众说纷纭。从结果上看,这个决定不仅违背了媒体监督和自由的精神,并且使这场本已注定要失败的计划顺利地完成了它的历史使命。甚至肯尼迪总统在事后与《纽约时报》的编辑交流时也表示:"如果当时你们的报道再多些,也许真的能避免我们这个巨大的失误。"[28] 很多人认为是肯尼迪总统和他的内阁成员施压《纽约时报》,迫使编辑做出调整的决定。也有人认为这一决定是《纽约时报》在衡量利弊后进行的自行删减的结果。而无论何方是始作俑者,结论都是一样的,《纽约时报》的编辑并没有将获得的信息原原本本地传递给民众。

获取如此机密的信息,无疑是一个千载难逢的报道机会,不但可以让记者扬名立万,也能让报社名利双收。最终放弃大版面的报道,势必非记者和报社所愿而是迫不得已的妥协。而这样的妥协,既可能是源于法律上的束缚,也可能是来自政府的压力。如果这一假设成立,无论妥协的原因是某一方面或者兼而有之,都证明了媒体并不享受绝对意义上的自由。上面两则故事里,媒体都获取了国家重要机密,都受到了政府的施压,甚至两个故事的主角都是《纽约时报》,却在最终的行动上相去甚远。我认为其根本原因在于,后者所刊登的内容,涉及到美国国家安全和国家利益,是不符合美国法律规定的可自由发表的内容。一旦发表势必会官司缠身,并且受到政府的压力。所以,这两则故事从侧面再次验证了我们之前得出的结论:美国媒体的自由是法律规定范围内的自由。媒体绝不可以越雷池一步,但可以用擦边球等方式努力贴近底线,在尽可能大的范围内进行报道和监督,这也正是美国媒体自由的高明之处。与此同时,独立的法律和裁决机制,能够维持政府与媒体间的天平,不向任何一侧倾斜,在保护国家利益的前提下,尽可能地保护记者的权利。

自由的底线:
法律赋予的自由权利有多大?

那么美国的媒体究竟有多自由?如果从1791年12月15日写入宪法的权利法案中寻找,自由的定义是一个非常广泛的空间:"Congress shall make no law respecting an establishment of religion, or prohibiting the free exercise thereof; or abridging the freedom of speech, or of the press; or the right of the people peaceably to assemble, and to petition the Government for a redress of grievances."[29] 虽然不是研究法律的行家里手,但并不妨碍我们去理解这则法案希望赋予人们的权利。从这一最原始的法律条文看,美国宪法似乎给予了民众最大限度的言论自由。只强调了国会不能就限制言论、出版自由进行立法。然而,随着最高法院对一件件诉讼的裁决与定夺,自由的边界才逐渐清晰起来。比如,当言论可能导致群体性暴力事件,含有挑唆斗殴和冲突的言词时,这样的言论并不受权利法案的保护[30]。其次,当该言论有意曲解或掩盖事实真相,刻意编造谎言时,亦需要被禁止。再有,含有被大众不能接受的淫秽下流内容的言论也不受法律保护[31]。除了上述几点关于言论自由的规定外,最高法院的裁决同样给自由出版的权利进行了限定。比如,含有对特定个人、团体的暴力威胁、恐吓,存在侵犯个人版权或涉及虚假宣传和其他违法内容的出版物,不被予以自由出版权利的保护[32]。有趣的是,一些美国的媒体人也对出版自由的限定感到沮丧。美国记者利布林曾说:"自由出版的权利并非每个人都享有,仅仅赋予了那些本来就拥有出版权利的人。"[33]

诸多条款、法规的限定,足以说明美国的言论、出版自由并不是绝对意义上的完全自由,而是有限制的规则内自由。当然,由于美国所采用的是英美法系,其不同于我

国家利益与公众知情
规则内的媒体自由

国的大陆法系，不同时期、不同的法官会有不同的释义和判决，这也就导致了美国许多言论和报道游走于法律界定之间的模糊地带。美国的言论、出版自由与我国的言论、出版自由并不是有和无的问题，而是多和少的问题。一个界限更宽泛，更灵活；另一个的界限更窄，更受限制。然而，除了这些显而易见的差异外，最关键的是美国法院能作为一个独立的第三方进行相对公正，不带干扰的评判和裁决。虽然政治学界许多学者并不完全同意法院是纯粹独立的第三方这一论断，认为它同样受到了自身利益和政治环境的影响。但是我们不能否认，在三权分立的政治体制下，法院可以作为维系政府与媒体平衡的重要筹码在中间进行调停，使其不受任何一方的牵制。如果政府过于强大，容易对言论、出版自由过多地评判、指责，并且运用政策等手段进行限制和干预，导致人民被剥夺获得真实信息的基本权利。反之，如果媒体一方过于强大，容易使一些关系到国家命脉的信息在金钱与名利的诱使下，提前公布于众，从而对国家和人民造成巨大的伤害。无论是哪一种情况出现，对于国家和人民都非常不利。政府有政府的难处，媒体有媒体的苦衷。他们所做的一切，不论是政府希望加强管控，使危害国家安全稳定的信息不会外流；还是媒体希望通过一切手段，去努力获取更多信息和秘闻，都是情理之中，职责所在。美国的优势在于，天平的平衡始终维系在一个第三方身上。其相对独立的界定和调停，能够公正地划定自由的界限和国家安全的范围，而不是由单方面掌控整个过程，使权力过于集中。如此，平衡被打破的同时，也饱受批评和质疑。所以，自由并不等同于毫无约束，毫无限制。政府对自身信息一定程度上的保护一样合理且必要。问题的关键在于度的拿捏。

自由背后的无形手
——美国政府对媒体的引导

自由背后的无形手
美国政府对媒体的引导

论及美国政府与媒体的关系,乍看可谓扑朔迷离。在美国每天打开电视,铺天盖地的新闻类节目比比皆是,倒是颇有一番百花齐放的态势。迅速拨转频道,同一事件不同角度的分析、评论,将左右两派的观点都掰开、揉碎摆在你面前,只待你慢慢咀嚼。如堂会般热闹的银屏,很轻易地打造出媒体与政府毫无关联甚至针锋相对的场面。而且在美国学习多年,未曾听过有文化部、宣传部这样的机构,更无从谈及管控措施。然而,如果就此概括美国政府与媒体的关系是井水不犯河水的平行关系,恐怕也有些绝对。不论评论有多犀利,论战有多火热,冥冥中似乎也有一个

美国总统奥巴马现身新闻讽刺节目《每日秀》,接受主持人乔恩·斯图尔特的采访

看不见的主旋律，通过媒体引导着民众的想法。宣传政策的本质，是国家对民众思想的引导，是希望得到民众支持和响应的工具。每个人由于教育、文化背景的不同，对事物的认知自然不同，对政府政策和行为的观感也必然有异。而政府为了使自己的政令能够下达，自己的行为得到认同，势必需要通过各种手段使民众信服。所以任何国家、政党都有自己的宣传政策。但宣传政策的形式是多样的。它可以是简单而粗暴的，用命令和武力使别人没有怀疑的机会；也可以是灵巧而善变的，以多种形式在无形中达到自己的目的。不同的文化传统、经济环境和政治系统奠定了一个国家宣传政策的方式和方法。由此观之，美国政府也同样有自己的宣传手腕，只是方式方法上与我们所熟悉的略有差异。

当我们在电视上看到媒体与政府针尖对麦芒似的相互批评与指责，一种解释是媒体以谨慎、负责的态度，作为公众的第三只眼监督着官员的一举一动。而另一种解释是这样的批评与指责是吸引观众眼球，增加收视率的无上法宝。如果后一种解释成立，那么是否可以得出这样的假设，即媒体集团之所以繁衍出如此多的批评与攻击，是出于博取眼球，以增加自己经济利益的考虑。当批判政府能够拉高收视率，这样的节目就会继续，而一旦自己的经济利益会因此受到了损害，这样的行为也就戛然而止。爱德华·赫尔曼和诺姆·乔姆斯基在他们的著作《制造共识》中阐述的观点，给了我们一个很好的理论例证[34]。他们认为，美国大众从媒体中得到的信息，是受到了四个过滤层之后的产物。首先,由于传媒公司为私人所有,且都是以大集团或巨型企业重要分支形式组建,势必受到集团和公司经济利益的影响。播出的信息一定是有益于公司的经济利益的[35]。第二,由于传媒业靠广告作为资金来源的重要支柱,传播的内容一定是以服务于广告希望争取的消费对象为主[36]。如果这些消费对象对刊登的信息毫无兴趣,自然也就没有广告的价值。第三个过滤层是消息源。媒体为了自身的经济利益,必须和消息源头保持一个较好的关系从而获取信息[37]。而消息源本身是相对有限的。再巨型的媒体集团也很难负担高昂的费用聘请记者在世界的任何一个角落等待新闻的发生。他们必须将重点放在相对比较集中的消息源,其中就包括政府。任何一个媒体被白宫或者国会彻底拒之门外,对于它自己经济利益的伤害是无法想象的。所以也就不敢彻底惹恼任何庞大消息源。第四层是媒体对恶评的惧怕[38]。如果刊登的信息使大利益集团受到了损害,相关人士只需要以不同的形式抹黑这家媒体,就可以达到使其经济受损的目的。而对于一个企业来说,这样的结果是要绝对避免的。

个人观点还是统一思想?
藏在影子中的政府力量

《制造共识》虽然从理论层面揭示了媒体受人摆布的

可能，但仍旧不能直接说明美国政府与媒体的协作关系。既然美国政府对媒体的引导相对委婉和间接，很难能从官方的数据或文献上找到蛛丝马迹，所以只能借用诸多真实的事件来一窥究竟。

像我这样成长在90年代左右的青年朋友，一定受过无数美国大片的熏陶。其中不乏标榜美军战力，树立军人优秀形象和弘扬美国价值观的标准美国式电影。甚至诸多主题并不是突出美军实力的影片，也或多或少地在传达着相同的信息。最近非常流行的《变形金刚》系列便是其中一例。这部本是基于儿时动画改编而来的作品，在经过现代技术的处理和导演的精心编排后，跃然成为一部享誉全球的动作大戏。虽然主题仍然是外星机器人之间的战斗，但当被刺激的肾上腺素回到正常的水平，回味片中种种，却隐约觉得片中的主角并不全是那些高大威猛的机器人兄弟，而是勇往直前、装备精良的美军战士，赫然一部彰显

电影《变形金刚》中的镜头

自由背后的无形手
美国政府对媒体的引导

飞行中的 F/A-18C "大黄蜂"战斗机

悟解美国
一个留学生眼中的美国规则

美军特种部队照片

美国总体军力的特大型宣传片。似乎即使人类一方没有机器人的帮助,美军的战力也会把敌人打得满地找牙。同时,整部电影似乎成为了美军最新型装备的展示平台,单兵装备和重型武器浓墨重彩地贯穿始终。一个个慢镜头和特写将美国军人的风采描绘得淋漓尽致。而伴随着三军将士舍生忘死的战斗画面,美国精神的主旋律也一次次地响起。纵观其他电影亦是如此,无论剧情如何错综复杂,民主最终会战胜专制,自由最终打败压迫,平等一定压制不公,

自由背后的无形手
美国政府对媒体的引导

以及正义必胜的思想反复地出现在各个影片的大背景中，而星条旗等标志着的美国精神也会应景叠加出现在观众的眼前，不断提醒着荧幕前的诸君，美国梦的价值。

当然，不可否认，影片对美国军人的塑造，缘自导演和编剧对军人的崇敬和对美国精神的热爱。可这并不是唯一的原因。事实上，大荧幕上的正面形象是各个部队精心策划的公关方式。上自五角大楼，下至陆军、海军、空军、陆战队等军兵种，在好莱坞都设有专门的联络办公室，以方便与好莱坞的导演、制作人进行沟通[39]。他们对外宣称的职责是为了更好地在影片和媒体上展现美国军人最真实的一面[40]。而具体的工作却是分门别类、无不涉及，小至检查影片中制服与装备是否描述正确，联络军事基地进行

航行中的"游骑兵"号航空母舰

拍摄,大至联络租用飞机、坦克甚至航母进行协作拍摄。这些服务绝大部分并不是靠金钱租用的,而是换取军方

美军特种部队照片

对脚本、镜头以及语言等方面的修改权[41]。一些特殊拍摄项目,比如租用 F-22 战斗机等虽有明码标价,但是军方只希望电影方承担相对较低的燃油等成本费用,其用意还是希望宣传美军战力和精神[42]。

如果说和平年代时的军方手段还相对委婉的话,那么战时宣传和鼓动的方式,就绝对算得上是直截了当。2005年夏季,正当布什政府饱受关塔那摩监狱虐囚丑闻攻击的时候,本属于切尼副总统座驾的私人飞机,在一个周五的早上缓缓降落古巴。但是从旋梯上走下来的却不是副总统本人,而是一群白发苍苍的老人。这些老者虽然年事已高,但举手投足还是遮掩不住多年部队生涯留下的习惯。这些老人对于美国电视观众来说并不陌生,他们就是每每在各档新闻节目中大谈美国军事策略、军事任务的分析员们。每一个都是战功卓著的老兵,有的甚至位及准将、中将。这次行程是五角大楼特意安排的,其目的就是为了使这些军事分析员得到适当的素材,替五角大楼和布什总统抹去部分正在媒体上爆炒的负面信息[43]。《纽约时报》的调查

自由背后的无形手
美国政府对媒体的引导

美国总统布什（中）、副总统切尼（右）和国防部长拉姆斯菲尔德（左）在一起

并没有止步于发现这些所谓独立分析员与政府的密切关系，而是继续深入调查其中的内幕。结果发现这些军事分析员不仅与五角大楼，还和许多军火商有着密切的联系，而其职责就是要在美国战前进行渲染和引导，帮助政府寻求民众对战争的支持，加快战争准备的脚步[44]。这些军事人员与五角大楼的合作，得到了从上到下的重视，军方为他们提供了数以百计的秘密简报，并特许他们与军方高级将领，尤其是负责采购军火和制定预算的官员进行单独会晤[45]。军方同时特许这些分析员获得极高的保密级别以翻阅秘密文件、计划[46]。这些特权的代价，就是让这些军事分析人员作为布什政府的喉舌去引导大众，让这些所谓的第三方观察员的观点与政府"不谋而合"[47]。整个计划最巧妙的地方，便是它成功地避开了由政府直接引导民众可能带来

悟解美国
一个留学生眼中的美国规则

布什总统（左）与切尼副总统（右）在白宫

自由背后的无形手
美国政府对媒体的引导

的负面影响和逆反情绪，同时让军事分析员以独立的身份出现在荧屏上，宣扬已经被五角大楼审批或者改造后的"个人观点"，使民众在不断的信息轰炸中迷失判断力[48]。媒体成为了政府在民众面前的卧底[49]。

当然，军方的种种行径并不能全权代表美国政府的态度。而美国国会的研究机构对政府每年广告预算的调查，恐怕更能说明一些问题。根据2011年的数据显示，在这一财政年中，美国联邦政府共花7.5亿美元用在广告宣传上。而这么庞大的数字却是自2003年以来最低的一年。预算最高时发生在2004年，有超过12亿美元的政府支出用于广告宣传。诚然，这些广告并不一定全部都具有煽动性或宣传性，有些是招聘等公告性质的。但其中很大一部分的目的是针对群众进行宣传，换取他们对政府项目、行为的认同和支持。这些广告往往是精心设计，由专业的公司制作和拍摄，融入诸多流行元素的产物。但求用最先进、最贴切的方式传达政府希望民众接受的信息。从其目的来分析，这些广告投入也是政府宣传工作的一部分，是引导民众的一种方法和方式。这与战时的鼓动可谓异曲同工，只是时代不同，方式多样而已。而这样相对间接和软性的方式与方法，正是美国政府在宣传政策上最巧妙的地方。由此可见，美国政府与媒体绝不是绝缘的，也并非平行的。恰恰相反，美国的政府与媒体是在一种相互制衡和相互利用中取得平衡。美国政府也在积极地寻求多种途径，光明正大或不可告人地去引导传媒导向和大众舆论。并借用一双看不见的手,潜移默化且不露痕迹地影响大众的观点。使信息传递得更加自然,更加委婉。[50]

从规则的制定者到服从者:
政府身份的变化与宣传手段的不同

美国政府之所以会选择这样相对间接的方式去影响媒体,归根结底是政府与媒体在这场争夺主动权的游戏中的角色问题。如果将这一争夺战比喻为球赛的话,美国政府不再是我们习惯的裁判员兼球员的角色,而仅仅是这场比赛中的其中一个普通参与者,并不具有约束、制裁媒体的直接和绝对能力。所以,最好的方法只能是按照规则去游戏。虽然偶尔搞一些小动作,但还是需要运用市场环境、传媒规律、经济原理等宏观操控的方法,达到自己目的。这样的束缚使宣传工作进展相对困难。因为没有绝对的权力,就会不断出现质疑和反对,推行起来也会更加步履维艰。但这样的竞争环境也是把双刃剑。一旦掌握了技巧,则可以让宣传的内容和方式更经得起时间的考验,也会更深入人心。不光是宣传政策,当政府只是一个参与者时,每一个政策和行为都需要去向人民兜售、游说来获得支持。这不仅仅考验了政府对政策的制定和选择的能力,也考验了政府处理公共关系的策略和方法。即便一个好的政策,在不恰当的时间和方式来推动和宣传,必然也会引起民众的不满和否定。

毋庸置疑的是，间接的方式需要更细致的准备和精心的策划，使宣传的经济成本和时间成本相应地增高许多。许多好的政策也会因宣传周期的延长而不得不放缓实施的脚步。然而，我们不得不承认，简单灌输的方式在一个多元化的时代很难再取得很好的效果。随着网络时代的到来，对媒体的定义更加宽泛。这个行业早已不再是由报社、电视台或是广播站唱主角的时代。如果说掌控百余家报社、电视台尚且能够应付，那么掌控几亿甚至十几亿人民恐怕就不会那么驾轻就熟了。技术的革新使消息传播愈发简单，途径愈发多样，乃至于轻轻点击一下手机，或者敲击一下键盘便能将消息送至千万人的眼中。消息传播的源头也从庞大的机构下移到了每个公民。微博等社交网络在诸多现时事件中的作用，已经足以证明这种传播方式的特殊性，不仅方便快捷，且自由灵活。随着网络逐步成为民众的必需品，简单依靠封锁消息来控制舆论的办法已经到了淘汰的边缘。新环境与新技术，促使政府采用新的思路和方式。而一步步下移的传播权，也在逐渐掠去政府作为裁判员的特权。当一个参赛者既是裁判员又是球员时，免不了有些跋扈和懒惰，采取简单而粗暴的方式破坏规则以赢得比赛。这样的方式简单，且效果出众，但却会招致民众的非议，亦不能长久。

如今，打开美国的电视，纷纷攘攘的节目依旧品评着政府的对错，然而在这百花齐放的假象下，那双隐藏在幕后的无形之手也在夜以继日地工作，引导着舆论的方向，使其不会偏离太远。我们无需置评这样的好与坏，不同的环境孕育了政策的不同方式与方法，只是需要我们努力透过相对纷乱的现象去探索内在的本质。

政府与政治体制的分离
——一个天然的挡箭牌

政府与政治体制的分离
一个天然的挡箭牌

在美国看了几年政府与媒体明枪暗箭的"战斗",似乎也摸出了些其间的套路和招式。相对我国的新闻媒体,美国传媒对政府的批判可谓更加公开和直接,堂而皇之地履行着社会第三只眼的职责,监督政府及官员的所为。而记者作为调查的主角,不论是为了经济利益还是出于职业操守,都秉承着揭露一切恶行与勾当的风格,不断地挖掘政府的每一个死角。稍有风吹草动,媒体便山呼海啸般地对当事人及其部门进行全方位的调查和毫不收敛的批评,其结果往往是品行不端的官员无一幸免地落马,恶人得到法律和社会的严惩。媒体也作为黎民百姓反

著名新闻讽刺类节目《每日秀》主持人乔恩·斯图尔特

悟解美国
一个留学生眼中的美国规则

映社会问题最直接、有效的渠道,承担起了除暴安良,维护正义的重要职责,对政府的批评之声自然不绝于耳。民众当然乐得其所,看着这些被绳之以法的官员,灰溜溜地结束自己的政治生涯不能善终,无不拍手称快。对恶行昭著的官员进行调侃和黑色幽默,更是茶余饭后与友人必不可少的一项娱乐活动。

著名政治讽刺节目《科尔贝报告》主持人斯蒂芬·科尔贝

政府与政治体制的分离
——一个天然的挡箭牌

描绘美国民主和共和两党的漫画

但是在这些花样繁多的招式背后,似乎总带着一丝"点到即止"的玄机。这里所谓的"点到即止"并非调查虎头蛇尾,一了百了。而是对于问题的探讨始终停留在针对涉案官员的个案,而非政治系统本身。这一逻辑在好莱坞电影上更是彰显得淋漓尽致。这些电影的思路大多为同一模式：某官员为首的利益集团为谋取私利和逃避法律的制裁，不惜滥用手中的权力和资源，制造种种黑幕乃至命案。但在电影的最后，正义总能战胜邪恶，并借助完善的政治系统和法律，最终将罪犯绳之以法。其根本的逻辑在于，人会因贪念和私欲的作用而铸成大错，但政治系统却一定是公正且正确的。人可以玩弄系统于一时但绝不会赢得一世，最终定会被正义击溃。

乍看这样的逻辑是天衣无缝的，毕竟个人的品行败坏既不能推而广之，亦不能全部怪罪于系统的弊病。人各有异，一两个官员的不检点行为总是防不胜防。而绝大部分官员的奉公守法，和强大的纠错功能，才说明了政治系统的伟大。但是，如果不是系统存在一定的瑕疵，个别人又如何有机会顶风作案，越雷池以求私利呢？又缘何在众目睽睽之下，冒着极大的风险和成本，去窃取那些与职业生涯和政治前途相比过于渺小的短期利益呢？或许被抓到的这些仅仅是部分学艺不精，授人以柄的倒霉鬼。而那些仍然高高在上的大人物也不见得干净多少，只不过手脚更加利落，处理得更加不留痕迹，或者仅仅是运气要好些而已。个案虽然特殊，但与政治系统本身多少存在一定的问题有关联。每次错误的发生，无不是对政治系统的反省与质问。诚然，有两百多年发展经验的美国政治系统，存在非常多的优势，社会也更趋于稳定。作为相对透明和成熟的民主政治体制，即使存在少数害群之马，其结果也要强于世界上的许多国家。过分强调美国政府系统的恶劣，显然站不住脚。但成熟和优势并不能说明这个系统是完美无瑕的。问题既然存

政府与政治体制的分离
一个天然的挡箭牌

在，就证明了修改的可能和提升的空间。由此可见，媒体的集体失语并不是因为这个政治系统毫无弊病，无从置评。

而反观美国社会对媒体与政府隔空对峙的反应，却与我们所预见的有所不同。如此高频率的抨击和批评，并未给美国民众和社会带来过多的负面影响和不稳定情绪。而依照常理和许多国家的经验，媒体对当局的公开指责，常常会使民众对政府失去信心，激化不稳定情绪的升级。当然，有一种解释是美国社会在经历了百年的风雨历练后，更加成熟和完善，也习惯了政府与媒体的打打闹闹，故对诸多批评视而不见。亦有可能是因为美国在诸多方面发展超前，使得人们总体满意自身的现状。但这样的解释似乎并不完全令人信服。个人以为，之前所观察到的媒体"点到即止"现象，亦是这一问题的解释之一。将矛头对准个人和个例，而不是整个政体，可以有效地缓解民众对国家的不满。将政府变为政治体制的挡箭牌，并通过对它的轮换，保证政治体制的稳定。而美国政府与政治体制相分离的模式，也给这样的举措提供了天然资本。

政府和政治体制是两个完全不同的概念。政府是由政治体制产生的职能部门，以行使法律和人民赋予的权力，运行整个国家机器来为人民服务。换言之，政府是每一届由选举或任命产生的官员组成的行政组织。当奥巴马在2012年由全美的公民票选成为总统并宣誓就职后，他以及他的内阁班子便是未来4年的政府。而政治体制是一个国家的政治系统。对于美国而言，政治体制是三权分立，是联邦制，是民主政治的集合。有趣的是，美国的政府与政治体制是一个相对剥离的状态。历届政府虽然都是根据同一政治体制运作产生,但每届政府却毫无递延关系。克林顿政府之于布什政府,布什政府之于奥巴马政府,除了延续其所在正当的政治理念外,其余是相对平行的关系,毫无关联可言。而这也就造成了我们时常看到的,现任政府公开批评和指责上任政府的种种不正确行为和政策。毕竟他们之间仅仅存在时间上的先后顺序,所以能够毫无遮拦地大加品评。

美国媒体主要批评政府却并不触及政治体制的手段,正是它的巧妙之处。根据《制造共识》的观点,抨击政府系统对传媒业自身而言有百害而无一利[51]。如果民众对政府系统的不满被激化到顶点,势必会产生不稳定的情绪和过激的行为,甚至有可能催化成颠覆整个政治体制的力量。而政治系统是一个庞大而又臃肿的政治机器,涉及到多方的利益,牵一发而动全身,故很难在短时间内有所改观。一拖再拖的改革步伐最终会放大民众的不满,并可能将国家和社会带入极不稳定的状态。当民众颠沛流离,社会无章可循,自然无从谈及所谓的经济收益。相比之下,政府的更换则要更为便捷和直接。不论是通过民众的投票选举进行正常的政府更迭,还是通过弹劾或罢免等手段进行临时的人员变更,都要比改变整个政治秩序要容易许多,在短时间内也能较快地完成。从而给民众一个相对满意的结果和新的希望。如若不然,则可再次将政府改弦更张,直到民众满意为止。

泰德戈尔在其著作《Why Men Rebel》中曾提出相对

政府与政治体制的分离
——一个天然的挡箭牌

剥夺理论[52]。他认为,社会大众不满政府的根源,来自于期望与现实的差距。而根据这一理论,我们可以推断出使社会稳定的方法有二。除了努力改善民众的生活现状以求稳定外,还可以通过满足民众的期望来达到此目的。政府的轮换可以被看做是帮助稳定民众情绪的第二种方法。即通过政府的换届,满足民众解决现实问题的诉求,暂时缓解其中的矛盾。然而,以上的种种推论的根本基础在于政府与政治体制相对剥离。如果这一基础被撼动,则政府作为政治体制挡箭牌的推论将不能成立。因为,当政权的更迭不存在独立性,而是上届政府的直接延续时,政治体制直接决定了本届政府的人员构成,而不再仅仅是决定政府的产生办法,所以,任何对政府的批评将转嫁成为对政治系统的批评。同时,更换政府本身已经不再能给民众一个新的期望,更像是换汤不换药的闹剧。

正是这样相对剥离的设计,从一个方面造就了美国传媒业在法律和规定的条框下百家争鸣的现状。同时,这也为美国媒体作为社会监察者,既能针砭时弊,亦可为维护社会的稳定提供了一个合适的平台。而对于许多政府与体制并不剥离的国家来说,直接效仿美国媒体的做法确实会存在一定的问题。当然,作为社会第三只眼来监督政府是每一个媒体人的责任和天职,且应不因制度和国家相异。面对不同的国情,则需要媒体人采用不同的方式和方法来完成这一本职工作。毕竟,监督政府的根本,是为了还社会大众一个安居乐业的环境和公平、公正的机会。站在对立面亦是媒体为更好地服务于这一目标而采用的手段,而绝非其最终目的。寻找一个既符合自身职责所在，又能因地制宜的契合点，恐怕是留给政策制定者和媒体从业者的一个挑战。

枪案不断，屡控不禁：
美国枪支的历史与文化

枪案不断，屡控不禁：
　　美国枪支的历史与文化

　　2012年12月14日星期五的早上，对于住在位于康尼狄格州偏远小城纽顿的居民来说，本是一个再平常不过的日子。伴着晨光，他们开始了自己有条不紊的正常生活，将孩子送至学校，上班。对于许多孩子的家长来说，当时的他们并不知道这天早晨的送行竟是与自己孩子的最后诀别。在短短几个小时之后，密集的枪声打破了这里的宁静与安详。该市的桑迪胡克小学发生了一起震惊全美以及世界的枪击案。年仅20岁的亚当·兰扎，手持半自动手枪

美国康州民众悼念校园枪击案遇难者

悟解美国
——一个留学生眼中的美国规则

美国总统奥巴马出席康州小学枪击案守夜活动

和步枪走进了桑迪胡克小学的校舍，对学校内的员工和学生进行了无情的扫射，致使校长、老师及学生在内的26人死亡，其中20人是儿童[53]。原本名不见经传的美国小城，一下占据了当天世界各大报纸和传媒的头条位置。奥巴马总统在新闻发布会上也不禁为那些逝去的儿童落泪[54]。各国政要以及世界各地的民众与当地的居民一起纷纷为遇难的教师、儿童祈祷和哀悼。然而这样惨痛的案件并非个例，仅仅5个月前，在科罗拉多州的奥罗拉市，本是兴致冲冲来欣赏最新《蝙蝠侠》电影首映的观众，被全副武装、年仅24岁的詹姆斯·霍姆斯用突击步枪等武器扫射，致使12人死亡，58人受伤[55]。时间再倒回到2007年，发生在弗吉尼亚理工大学的枪击案致使包括枪手在内的33人死亡，成为美国历史上最严重的枪击事件[56]。翻阅历史的档案，不难发现这样恶劣的枪击

枪案不断，屡控不禁：
美国枪支的历史与文化

事件在美国的发展史上时有发生。不仅仅是无辜的民众、儿童，不少政要，如林肯、肯尼迪和马丁·路德·金等也都倒在了枪口之下，更有许多人离鬼门关仅仅半步之遥。

　　枪击对于长在中国的我们来说确是非常陌生的事件。生活在一个与枪绝缘的环境，从小便了解和支持严格的禁枪和凶器政策，也从不怀疑这一政策的正确性。然而刚到美国时，却发现美国舆论对枪支管理政策的辩论与我自己的想法大相径庭。虽然对袭击者的谴责是众口一词，但针对枪支管理政策，民众却旗帜鲜明地分成了两派。一派认为酝酿出这些惨剧的原因是美国枪支管理政策的失职，政府应该加大力度核查枪支购买者的身份和销售途径，降低武器落入不法分子手中的可能性。同时政府尤其应控制和禁止半自动化武器的销售。反对派则认为罪不在枪。枪仅仅是一个工具。触犯法律的是扣动扳机的人。而正是这样一个充满了危险的环境，才更需要我们每个人都有武器来保卫自己的安全。如果其他人也有武器，也许上述的惨案早就能够被制止。两派的观点，可谓各有千秋。然而，最令我费解的却是在这诸多口水战中，禁枪这一似乎最为合乎逻辑的解决办法却很少有人提及。

　　美国国会历年来通过的法案也证实了这一现象。自1934年的 *Federal Firearm Act* 到1968年的 *Gun Control Act* 再到1993年的 *Brady Handgun Violence Prevention Act*，两百余年的美国历史上仅有不到十项重要的枪支管理法案得到通过，其中两项还是主张放宽管理的法案。其余的法案中，绝大部分都是通过控制枪支的销售渠道和检查售出对象的背景等方式，对枪支的流向进行管理。只有克林顿执政时期通过 Federal Assault Weapon Ban 法案采取相对强硬的限枪政策，禁止了突击步枪等半自动化武器的生产和销售活动。然而这一法案也仅仅维持了10年的光景，在2004年便被共和党占优势的国会所推翻[57]。

那么是什么让美国的禁枪之路如此之难？除了可见的政治博弈和强大利益集团的阻挠，初来乍到的我习惯性地将根本的原因归结到了美国的宪法与自由权利的范畴。虽然这样解释也确实无误，但似乎并不具体，因为法律的制定以及对自由的诠释，亦只是历史的产物和对本土文化、民众意愿的反映。随着在美国生活的延长以及对美国历史的了解加深，我才渐渐明白，美国民众所独有的枪支文化和早先殖民时期的历史影响，才是束缚当下枪支管理政策和民众态度的核心原因。

枪杆子建立起的新大陆：
美国初创与枪支的不解之缘

当谈到美国的枪支政策，被引用最多的恐怕就是宪法第二修正案中，关于公民可持有枪支的条款："A well-regulated Militia, being necessary to the security of a free State, the right of the people to keep and bear Arms, shall not be infringed."[58] 我们虽然不是修习法律的专家，但也能直接

枪案不断，屡控不禁：
美国枪支的历史与文化

看出这一条款的记述非常模糊，而这也成为日后主控派和主枪派交锋难分高下的重要原因。一方认为这一条款的重点在前一部分，允许民众携带枪支，为的是履行国家的共同防卫职能，而非强调持有枪支的个人权利[59]。另一方则反驳认为重点是条款的后半部分，这里所指并非共同防卫而单指自卫，所以每个公民都有权利拥有自己的枪支，以维护自己的权利和防止暴政[60]。孰是孰非，有一点是可以明确的，枪支武器在美国建国初期，起到了不可替代的巨大作用，且每个人拥有武器的权利也是极其重要的一部分，乃至于要写入宪法进行保护。

莫西干人，北美古老的印第安部落之一

生活于今天的我们，很难身临其境地感受到，百余年前美国国父们书写这一条款时，面临的处境和思考，只能通过历史的记述来追寻揣测。

1607年，英国的舰队载着移民和物资到达北美大陆，准备利用这里繁茂的土地和丰富的物产建立新的殖民地。然而，英国殖民者只是这片土地的新移民。虽然这片大陆

悟解美国
一个留学生眼中的美国规则

作战中的印第安人

并不存在像欧洲那样发达的文明，土生土长在这里的印第安人早已建立了自己的家园。面对人数众多且相貌、肤色、文化和语言与自己全然不同的"异类"，没有人知道他们是敌是友。为了防止可能的冲突，英国人在本着用贸易和其他非暴力手段与当地人保持一个正常关系的同时，还配备了大量枪支和火炮以防不测，并明令移民不得用枪支与印第安人做贸易[61]。起初的关系并非如此紧张。就如感恩节时耳熟能详的故事一样，印第安人对刚刚到达这里的移民提供了许多帮助。然而好景不长,随着移民人数的增多,有限的食物和土地资源逐渐使双方的和平共处关系破裂。以弗吉尼亚的殖民地建立之初为例,1607年5月26日,两百余名印第安战士向殖民地发动了进攻,造成了两人死亡,十数人受伤的惨剧[62]。然而正是由于英国人拥有枪支和火炮的优势,才让印第安人不敢肆无忌惮地侵犯殖民地。但是,由于印第安人人数众多,且能骑善射又熟知地形,当时的枪支技术又尚不发达,一枪之后需要装填火药才能继续进攻,枪支的作用随着印第安人对这一新式武器的逐渐了解而减弱。所以在战争的初期阶段,印第安人占据了绝对优势。1609年到1610年期间,印第安人成功地将英国移民困在了自己的殖民地内,由于缺少食物,将近一半的移民因饥饿致死。若不是来自英国的补给及时到达,当时的移民者已决定打道回府,放弃这片新大陆[63]。为了扭转败局,当时的殖民地领导者决定施行全民皆兵的策略,凡是持有武器的个人都成为了殖民地的民兵,并且将从英国运来的枪支发放给那些有能力的居民,让他们一同加入战斗[64]。这一政策不仅抵御了印第安人的进攻,并且成功地屠杀和驱赶了周边的印第安人。殖民地也终于得以安稳地建立。

正如前文所述,枪支对于英国移民在这片新大陆站稳脚跟,起到了举足轻重的作用。然而,印第安人的威胁并没有因为殖民地的建立而解除。随着殖民者人数的增多、地盘的扩张,越发加深了双方冲突的程度和频率。枪支除了要用于打猎,更要防卫印第安人可能的突袭和伏击,保

悟解美国
一个留学生眼中的美国规则

护自己的私人财产。而这时在美国大陆又没有常规部队驻守,保境安民的重任只能落在每一个殖民者的身上,民兵的重要性也突显出来。1632年,刚刚成立不久,位于马萨诸塞州的殖民地颁布命令,要求所有自由人,不分职业,均需持有并能熟练使用枪支,以备行使民兵的职责[65]。而且规定所有人不得在没有武器保护的情况下,离开自己住所一英里的范围外活动,否则将受到惩罚[66]。除了防卫印第安人的进攻,由于当时盛行的奴隶制度,民兵组织还要监督和镇压黑人奴隶,让他们乖乖地服从命令[67]。正是这样的特殊历史背景,让殖民地的民众拥有枪支成为生存下来的必要条件。

如果说美国的建立也是靠着"枪杆子"打出来的政权,

独立战争中激战的英美双方

最与众不同的便是这个"枪杆子"并非由职业军人组成，而是由多个州的民兵组织联合在一起的"杂牌军"。事实上，直到 1787 年独立战争结束的四年之后，在联邦宪法大会上，联邦政府和国会才被正式授予权力，以组建一支受命于联邦政府的常备部队，并被赋予了统辖各州民兵组织的职能[68]。显而易见的是，民兵由于训练不足，军心涣散且难以调度指挥，战斗力远不及常规部队，很难承担一个国家的防卫职能。骁勇善战的华盛顿将军也在独立战争期间，向国会表达过自己对用民兵组织来维系国家防御的忧虑[69]。然而让美国国父们迟迟不能决定建立一支常规部队的主要原因便是他们对暴政的畏惧。这些为建立一个自由国度而来到新大陆的领导者，最不希望看到的便是一个过于强大，且没有约束的联邦政府[70]。军队恰恰是国之利器，一旦建立便有被人操纵的危险，稍有闪失便可能建立一个无法与之抗衡的强权政府。民兵却源自公民，召之即来，挥之即去，既能保卫国家，又不会带来可能的风险[71]。正是出于平衡联邦政府与各州权力的考虑，才引出了权利法案中对公民有权拥有武器的条款，即为了防止联邦政府和军队有过大的权力，各州仍有权组织自己的民兵来保卫本州的安全与财产[72]。能够组织民兵的必要基础便是，公民有权拥有自己的枪支武器。而这便是权利法案中允许公民拥有枪支的历史渊源和时代背景。

枪文化：
制约美国枪支政策的现代原因

追溯历史，不难让我们明白美国的国父们如此设计宪法的原因。随着时间的推移，仅仅以宪法的条款来解释现下美国对枪支政策的争论却有些勉强。毕竟时过境迁，民众再也不用担心印第安人的骚扰，国父们对暴政的忧虑也已经不复存在，三权分立很好地限制了各方的权力，且美军强大的实力也早已能完美地承担起保护国家安全的使命。而频频发生的枪案却又不断地给民众敲响警钟。如果说宪法中的条款和当时的历史背景，仅仅是美国枪支政策的前世，那么经过百年历史传承和酝酿出来的枪文化，便是左右美国枪支政策的今生。

枪对于从未接触过的人们而言更多的是凶器，可以置人于死地。而对于很多美国人来说，枪的作用并不是为了杀戮，而是自己生活中不可或缺的一个工具，乃至于一种习惯。据2009年的数据显示，全美共有1.24亿人持有近2.7亿支枪[73]。在一个人口仅3亿余人的国家，竟有如此众多数量的枪支和如此庞大的持枪人口，足以证明，枪支对美国人生活的重要性。生长在这样的一个传统下，拥有和使用枪支更像是美国人与生俱来的权利、绝对自由的标志和他们这种生活方式的象征。禁枪所剥夺的不只是一种习惯，更是在践踏这个国家最引以为豪的自由[74]。持这种观点的

枪案不断，屡控不禁：
美国枪支的历史与文化

美国步枪协会副主席拉皮埃尔

民众在美国并不在少数。2008年进行的一次民意调查显示，73%的受访者认为，持有枪支是美国人的基本权利，同时91%的持枪民众和63%的不持有枪支的民众认为，第二修正案是赋予每一个美国人拥有枪支的权利，而非仅限于民兵[75]。以言辞激烈而著称的美国步枪协会副主席拉皮埃尔就曾公开表示："控枪政策威胁的绝不仅仅是我们拥有枪支的自由，我们一切的自由都命悬一线。"[76] 美国枪支持有者中大部分生活在农村地区，尤其是美国南部。这些人的年收入大约在三万到七万五千美金之间，并多以共和党、白人、中老年男性为主[77]。这些素以保守和传统而著称的民众，许多是最早一批移民者的后代。祖祖辈辈积攒下来的传统，让他们在枪支管理的问题上，比起那些成长在城市中的新一代移民更加的执着。民意调查的结果显示，即便近年来恶性枪击暴力事件接连不断，自2001年到2012年，支持更严格管控枪支政策的民众从38%滑落至25%[78]。即便

73

2013年4月25日，美国华盛顿，示威者举行反枪支暴力游行集会

是在震惊全世界的桑迪胡克小学惨案后，民众对枪支政策的支持也仅仅回升到了38%[79]。虽然，不同的民调结果存在较大差异，但可以肯定的是，即便在恶性事件频发的情况下，民众对于枪支政策始终没有一个统一的看法，这也是掣肘着政客们改变政策现状的一个重要原因之一。

除了象征意义，枪支对于现下的许多美国人来说，并不仅仅是一件摆设。行驶于美国的高速路上，时常能看到在广袤的平原或茂密的树林间矗立着些许孤零零的小楼，其间隔之遥、密度之稀，让住惯了楼房和城市的我们，不时惊讶于美国人的大胆，竟会选择在如此荒无人烟的地方休养生息。我曾经到一个美国同学家拜访，看到坐落在崎岖的山路之间的一个典型美国小屋，后院与森林相连。同学饶有兴趣地向我讲述了在后院看见过的各种动物，其中包括灰熊一类非常危险的动物。当我问到房子的安全时，他煞有介事地让我无需多虑，自家的步枪足以保护这里，并给我展示了他射猎来的鹿头标本。对于许多这样的民众来说,自家的枪支恐怕是他们最有效和最直接的自卫工具,枪支已成为他们生存的必需品。置身于一个充满枪支暴力的国度,这样以恶制恶的逻辑,虽然在我们看来更像是一个永无止境的博弈困局,但似乎也不无道理。毕竟,警察并不能时时刻刻伴你左右。当面对凶神恶煞的歹徒闯入你的房间,或是在大街上将你截下,自己手握武器势必要强于坐以待毙。事实上,不仅是生活在乡下地区的民众,许多生活在城市中的美国居民持有枪支的原因同样是为了自卫。纵观美国各州的法律,已有三十个州通过法案,准许持枪者在家中遇到非法闯入者的情况下,使用致命武器自卫[80]。有二十一个州通过法案,允许持枪者在户外遇到袭击时第一时间使用枪支自卫[81]。美国司法部 1997 年进行的美国全国个人枪支持有使用情况的问卷调查显示,46% 的持枪者表示拥有枪支的目的是防止犯罪,平均每年出于自卫而使用枪支的总数约有十万余次[82]。然而,由于这些自卫事件,往往在防卫者掏出武器后,以袭击者落荒而逃而草草了事,许多事主甚至不愿意向警方报告。对于媒体而言,这样的事情也没有太多报道的价值,使得公众的关注点往往聚集在那些极少数的恶性案件,而忽略了这些发生概率更高,对人们生活影响更大的普遍事件。

民众用枪自卫的言论同时也引出了另一个问题,枪支的存在到底对犯罪率产生怎样的影响?这个看似非常简单的问题却引起了学界和民众的广泛争论。芝加哥大学的教授马克·达根在他的论文《More Gun, More Crime》中,通过比对全美各州及郡县枪支拥有者数量和各项犯罪率的变化，来判断枪支和犯罪率之间的关系[83]。他得出的结果显示，持枪数量与谋杀案件的数量成显著的正比关系，即枪支数量的增加会直接影响到谋杀案件的上升。但是，他的研究并没有发现其他犯罪与枪支数量具有显著的联系。然而，来自同一所大学的约翰·洛特却与马克·达根在这一问题上持有完全不同的见解。约翰·洛特在他的著作《More Guns, Less Crime》中通过分析从1977年到2000年以来，全美各郡县允许民众携带枪支的法案通过的时间，比对法律通过前与通过后犯罪率的变化情况，认为枪支和犯罪的关系成反向作用[84]。根据约翰·洛特设计的回归模型得出的结论，在民众可随身携带枪支的法案通过后，平均每个郡县的各项犯罪数据不仅没有上升，而且都有显著的下降，其中暴力犯罪率下降了2.3%，谋杀犯罪率下降了1.5%，强奸犯罪率下降了3.2%，入室行窃犯罪率下降了2.5%。[85]上述两位学者的观点仅仅是学界和民众争论不休的一个缩影，时至今日也没有得出一个令人信服的结果。而学术界的尚无定论，又使得在控枪问题上持相反意见的政客和民众，都能找到有力的证据自圆其说，让本已胶着的争论，变得更加难分胜负。

说到枪支的使用，打猎和射击运动是不能回避的两个重要原因。正如前文所说，打猎曾经是殖民者重要的生存手段，是为数不多来获取足够食物的方法之一。时至今日，虽然高效且丰富的工业化生产让打猎的实际经济意义逐渐退化，但这项融入了人类原始欲望，以及与自然亲密接触的活动，却蜕变成了一种独特的娱乐、消遣行为和传统，

枪案不断，屡控不禁：
美国枪支的历史与文化

热爱打猎的美国家庭

参与的人数依然居高不下。美国统计局的调查显示，2011年全美参与打猎活动的人数达到了惊人的一千四百万，比起 2006 年增加了 9%[86]。这些猎手在一年中平均要用 20 天的时间打猎，年平均打猎次数也达到了 19 次。他们在这项运动上的花费更是令人咋舌，2011 年的数据显示，猎手们为了参与打猎在装备和旅行上的开销高达 340 亿美元[87]。除了直观的经济收益，打猎对地区生态环境的作用也存在一定争议。过度的杀戮诚然会破坏物种的多样性，许多人也反对将如此野蛮的行径作为一种爱好来推广。但是，有节制的狩猎在一定程度上可以起到维护生态平衡的作用。随着自然环境的变化，许多动物因天敌数量的减少，繁殖极快，以至于危害到了人们正常经济活动的开展和当地的生态平衡[88]。猎手们的出现恰恰扮演了"天敌"的角色，抑制一些动物数量的过度扩张。各州相关的政策和法规也对狩猎动物的种类及数量有所规定，避免可能出现的过度捕杀。同时，狩猎本身也并不是一味地杀戮。猎手们往往

悟解美国
——一个留学生眼中的美国规则

正在寻找猎物的猎人

要漫山遍野地寻觅、追踪数个小时才能发现可能的目标，并且需要考验参与者的体力、耐力、洞察力乃至团队协作能力，也不失为一种与自然亲密接触、锻炼自身能力的途径[89]。所以，枪对于这些猎手来说，是进行这种运动和娱乐的必备器械。而禁枪或加大控枪的力度，无疑会让他们失去享受这种运动乐趣的可能。在这些人眼中，个别人的丑恶行径，既不能代表猎手们持枪的目的，也不能说明打猎与持枪犯罪有任何必然的联系。对于绝大部分从无打猎传统和习惯的我们来说，很难理解猎手们所面对的困境。用一个不甚恰当的比喻，刀和剑作为利器，用于坏人之手肯定使人受到伤害。即使用于好人之手，如果使用不慎，

枪案不断，屡控不禁：
美国枪支的历史与文化

抑或给他人带来危险。但如果因为发生用剑或刀伤人的案件而取缔所有刀剑，甚至包括老人晨练用的太极剑和健身刀，恐怕这样的政策同样会遭到我们的质疑。虽然刀剑的杀伤力远不及枪支，但其背后的逻辑恰有几分相似，而这也是猎手们坚决反对禁枪政策的初衷。

何去何从：
文化与历史对政策的影响

桑迪胡克小学的枪声，无疑震动了美国民众和全世界。奥巴马总统更是在惨案发生后，信誓旦旦地保证，要用尽自己的一切权力，不再让这样的悲剧发生[90]。然而这样的

美国康州民众悼念校园枪击案遇难者

悟解美国
一个留学生眼中的美国规则

惨案早已不是第一次发生，这样的呼声也不是第一次响彻云霄。控枪，已经成为近年来美国各届政府都立志解决，到头来却始终原地踏步的困境。面对一个个因枪案而破碎的家庭，一双双因失去至亲而哭泣的眼睛，改革势在必行。但议题背后的政治博弈和利益分割让改革步履维艰。民选政治虽集诸多优点于一身，而就政策的改变而言确实存在一定的掣肘。政客需要面对几年一度的选举，故避重就轻地选择一些能在短时间内推行并给选民带来实惠的政策进行推动，刻意抛开一些可能对自己选举减分的难题。同时，由于选举议员的选民仅仅是居住在这一地区的公民，政客们不得不迎合自己本地区选民的好恶，来制定政策的走向，即便本地区选民的好恶与国家利益南辕北辙。当然，民众对政客的束缚，是一个公民应有的基本权利，也是一个成熟政治系统应有的机制，可以有效地阻止权力的滥用，也能避免一些不理智、不成熟和经不起推敲的改革过快地实施。但是对于像枪支改革这样急需有所作为，民意又尚无定见的政策问题，推动改革的力量则会

讽刺美国枪支暴力的漫画

枪案不断，屡控不禁：
美国枪支的历史与文化

在大潮中略显单薄，只能苦苦等待民意的转向和时机的成熟。

即使我们抛开制度问题和政治手段不谈，枪支政策改革的进程依旧并不乐观。民主制度虽然在改革进度上很难大刀阔斧，但如果议题是民心所向、众望所归，恐怕再强大的利益集团，再繁缛的政治程序也不能阻挡变化的大潮。能否驱动庞大的政治机器，说到底还是民众的自身意愿。然而正如前文所述，积习已久的枪支文化和依枪而存的历史背景，是束缚美国枪支政策改革的根本原因。每当推动改革的号角被吹响，随之而来的便是旗鼓相当的支持者与反对者熙熙攘攘的论战。随着时间的推移和论战的升温，改革的声音变得嘈杂和稀散，加之政治博弈与权力制衡让改革的步骤变得复杂，最终的目标和结果也往往由大变小。来之不易的些许进步，也常常在日后被退回原地。在民意如此分化的情况下，即使存在一个一劳永逸的解决方案，在多重的阻力作用下，成功推行尚且希望渺茫，更何况目前尚不存在所谓的最佳方案。改革之路，任重而道远。

反观美国枪支政策的起承转合不难发现，一个国家的历史和文化对现时政策的影响。文化、传统与习惯，像是这个国家和民族的血脉一样流淌在每个人的身体里，不仅仅限定了我们的举手投足，同时也构建了我们的思维逻辑。虽然时隔百年，且历经无数沧海桑田的变化，依然会有形或无形地影响到我们现在的一举一动。这样的前提，给政策的制定者们带来了不小的难题。社会本不是白纸一张，任人书写。一味地执着于经济和社会利益的最大化，强调民众的客观理性，却脱离本土文化和历史的积淀，往往会使计划与现实大相径庭。这也给我们在学习美国的经验上提了个醒，取长补短的同时更需要因地制宜，方能为这一方水土所用。

总统大选
——全民参与的盛会 非全民参与的结果

总统大选
全民参与的盛会　非全民参与的结果

　　每逢美国总统的大选之年,从年初的党内初选直到大选投票之日,举国上下都笼罩在热热闹闹的竞选气氛中。谁能夺得核心权力,无疑是许多人关心的重点。没有人不希望自己所倾向的参选者获得最终的胜利。同时,这些竞选者在登上总统宝座后,又是否能兑现他所承诺的诸多好处,也是许多人热衷和关注的话题。随着各路媒体铺天盖地的报道,想在如此巨大的政治风暴中独善其身、充耳不闻已成为一种奢求。

探访选战的最核心:
奥巴马竞选总部

　　2012年是大选年,十月中旬,我利用身在芝加哥求学的优势,在老师的带领下,探访了奥巴马总统的竞选总部。由于选举法律的规定,总统在白宫进行政务活动期间,不能涉及大选事务。即便奥巴马的政府班底中亦有许多人参与选举工作,也不能在白宫进行大选方略、对策等一切相关问题的讨论。所以,奥巴马先生不得不将竞选班底和执

悟解美国
一个留学生眼中的美国规则

奥巴马与米歇尔在芝加哥

政班底分开,派遣特别代表在芝加哥替他监督进展。竞选团队的总部坐落在芝加哥的 PRUDENTIAL 大楼其中的一层。这座外表极其平凡的大厦在楼宇繁多,素以拥有全美最美丽的天际线而著称的芝加哥市中心并不显眼,也很难将这里与正在如火如荼进行的总统大选联系在一起。竞选总部的前台与普通公司的门面无异,没有过分的装饰和夸张的摆设。如果不是墙上的奥巴马画像和竞选标语,真的很难相信这里就是决定美国未来走向的核心基地。但是,从前台走入背后的办公室大厅才发现别有洞天。开阔的办公室,齐刷刷地摆放着上百张桌子,桌前坐满了形形色色的工作人员。扫视一周,少说也有百十人正在这里忙碌着。据介绍,这一数字已是缩减后的结果。随着各州投票的开始,大部分的工作人员已经被派往各州与当地的团队进行接洽。人员最多时,大概有四五百人挤在这里一起为大选奋斗。

总统大选
全民参与的盛会　非全民参与的结果

办公室内的装潢可以用简陋来形容，但工作人员在墙上的涂鸦和对自己办公桌的装点让整个大厅的气氛一下活跃了起来。大厅的墙壁上随处可见奥巴马的照片和画像以及宣传用的标语，与这里热火朝天的备战气氛相映成趣。

既是选战总部，便要发挥出麻雀虽小五脏俱全的特点，工作人员按照自己所属的部门和州别划定座位。每个部门负责的工作也分门别类。比如，民调部门的员工，要负责收集各大媒体和机构公布的调查数据，分析选民对政策和事件的反应，以及竞选人在民众中的满意状况。计划部门负责整个团队的行程策划和先期安排，保证竞选人和团队顺利到达预定的地点，开始计划中的工作。宣传部门的工作人员，

奥巴马数据分析团队在竞选总部接受采访

需要不断地设计运用在各种载体上的广告和宣传材料。随着社交网络的兴起，竞选广告已经不再是电视和收音机的专利。一切能吸引选民关注的领域都不能放过，一切能传播竞选人价值的媒介都要成为拉票的杀手锏。负责各州选情的团队，则需要与当地的工作人员一起协同和联络，时时更新和了解一线的情况。短暂的行程中，大厅里的每个人都在争分夺秒地埋头苦干。即便是晚上九点过后，这里

悟解美国
一个留学生眼中的美国规则

依然灯火通明。倒计时29天的数字时刻提醒着这里的每一个人,他们为之奋斗和努力的结果即将揭晓,而他们现在所做的努力很可能就是决定胜利的关键之举。

三个小时的走访,虽然仅仅是走马观花,却让我感受到了两点非常有趣的现象。每个工作人员都充满了激情,都发自内心地相信自己的竞选者和他所许诺的未来。当问及每个人来此工作的原因,众口一词的答案是:我相信奥巴马是我们的最好人选,我相信他能够给我们带来更好的四年!来这里工作的人许多是无偿和自发的志愿者。即使对有薪水的员工来说,其收入也并不可观。且选举结束之时便是散伙之日,所有人都要卷起铺盖,开始寻找下一份工作。虽然曾经帮助了全美国最有权势的人,但并不意味着将受到特殊的庇护和关照。除了少数高层外,绝大部分员工既不会得到提携,也不会得到额外的馈赠和帮助。同

奥巴马选举标语

总统大选
全民参与的盛会 非全民参与的结果

支持奥巴马选举的纪念品

样的激情一样在选战第一线的底层工作人员身上能够找到。选战之年,在社区、街头和校园内总能看到正在宣传的积极分子。他们都是仅凭着自己对政治的激情和对竞选者的信任以及对这个国家的热爱而投身于此。美国民众的政党从属并没有严格的会籍制度,完全根据自己对政策的喜好来决定。一千个读者心中有一千个哈姆雷特,每个选民心中也都有一个最理想的总统。也许他们所支持的参选人并不完全符合他们心中的最佳人选,但他们肯定自己所支持的政客一定强于其他竞争者,会带领人民铸就一个更美好的未来。

悟解美国
一个留学生眼中的美国规则

谁能成为美国总统：
选战的策略和技巧

在参观的过程中，工作人员饶有兴趣地介绍了他们寻找支持、拉拢选民的方法和手段，其细致程度令人惊叹。竞选团队为了让最大范围的选民了解选举人的目标和愿景，都在公关策略上下了巨大的功夫。不论传媒工具如何快速地更新换代，竞选团队总会恰当地将其利用成最有利的宣传武器。毫无疑问的是，从广播到电视再到网络，不断革新的媒介不断考验着选举团队的策略和战术。尼尔·波兹曼在《娱乐至死》中，就曾疾呼传媒方式的转变对政治的巨大影响[91]。通过比较不同时期的总统演讲，他发现传媒方式的改变正在潜移默化地影响着政客们的语言、用词甚至内容[92]。电视媒体的出现，让演讲不再只是从收音机中传出的遥远声音，而是活生生的动态画面。演讲的内容不再是唯一的关注点，竞选者的形象、表情和状态都成为关注的焦点，政治本身也被娱乐化了。尼克松与肯尼迪在1960年进行的那场著名的电视辩论，恰恰印证了波兹曼的观点。作为美国历史上第一次电视转播辩论，从竞选者到大众在当时都不清楚电视将要带来的革命性转变。肯尼迪年轻而富有活力的外表，与尼克松疲惫而苍老的面孔形成了鲜明的对比[93]。民调显示，收看电视的观众普遍认为肯

总统大选
全民参与的盛会　非全民参与的结果

理查德·尼克松（右）和约翰·肯尼迪（左）在进行电视辩论

尼迪赢得了辩论。但收听广播的民众却认为尼克松显然占了上风，赢得了辩论[94]。在当下，网络也成为了政治宣传的有效武器。其更新速度之快更是让广播和电视等媒介望尘莫及。从2008年到2012年，从微博的兴起到社交网络的壮大，再从移动上网到手机应用的逐步成熟，网络世界在仅仅四年的光景产生了翻天覆地的变化。新战线的出现和老战线的改变，在给竞选团队新机遇的同时也带来了新的挑战。新的宣传方式运用得当便是扩大选民基础的利刃，运用不当便是伤敌八百，自损一千的败招。这也要求竞选团队人员的年轻化以适应日新月异的新时代。据我自己的观察，除了竞选团队的高层外，许多工作人员，尤其是负责具体设计策略的中层人员，基本都在二三十岁的年纪。这些新新人类奇装异服的打扮与外面已经打得不可开交的政治显然有些格格不入。从员工的外表而言，这里更像是一个年轻的科技公司。气氛少了些政治的凝重与冷峻,多了些年轻人的热情和活力。非洲裔、拉美裔,以及同性恋者,都是这个竞选团队中不可分割的一部分,俗话说知己知彼百战不殆,最吸引选民的想法往往出自熟悉和了解选民的人手中。

萨缪尔波普金在他的著作《竞选者:怎样赢得大选和守住白宫》中认为,不同背景的选民有不同的需求和想法,而竞选者需要具有在不同的人群中树立可信形象的能力,方能赢得大选。只有选民们相信自己支持的竞选者是他们中的一分子,了解他们的追求和价值观,才会将自己神圣的一票投给竞选者[95]。对于大选的双方,如何拉拢中间选民或敌对阵营的选票固然重要,但此举更像是没有定数的放手一搏。巩固己方已有的支持,让支持者去投下自己的神圣一票更是稳妥的保障。而不投票现象是长久以来困扰美国政府和竞选双方的头疼问题。也许是因为选举人制度本身存在的问题,或是对两方的竞选者都不满意,甚至仅受到交通或天气因素的影响,许多人并没有行使自己的投票权。为了让自家的选票落袋为安,竞选团队可谓想尽一切方法。常驻于每个社区的一线助选团队,总要挨家挨户地敲门走访,以灿烂的笑容和亲切的面孔去感染附近的居民,询问并记录他们是否已注册选举,还要声情并茂地宣传投票的重大意义。投票临近之时,助选团队还会通过各种方式提醒选民投票日的时间、地点,督促他们提早安排好出行时间。如果交通不便,他们还会提供班车等相应的出行工具,务必做到有求必应。

总统大选
全民参与的盛会 非全民参与的结果

选举人制度：
一人一票仅仅是过程

然而，在如盛会般热闹的全民投票背后，决定大选结果的过程，却并不像它所宣传的那样简单明了。一人一票的理念让每一个公民都在大选过程中产生了浓厚的参与感，毕竟每人手中的一票都决定着美国的未来走向。然而，大选结果的计算却并不是简单地将全国选票相加和汇总，得票多数者获胜这样直观。打开各大新闻网络的首页，总会看到涂满蓝红两色的美国版图，每个州都标有一个特定的数字。这些奇奇怪怪的数字便是选举人票，而它们才真正决定大选的结果。全美共有538张选举人票，根据州人口占全国的比重划分[96]。人口多的州，拥有更多的选举人票。人口少的州，即便地域十分广袤却只能获得很少的票数。同时，为了让人口较少州的民众一样有行使公民权利的机会，每个州最少有三张选举人票[97]。而每个州选举人票数的多少也恰好与各州的联邦参议员和众议员数量相等[98]。竞选者在本州内的胜负，由民众投票数量直接决定，获得多数者为胜选方[99]。绝大部分州，除缅因州和内布拉斯加州外，都采取了胜者通吃的计算方法，即该州的选举人票数会根据本州民众选举出的结果，全部由胜利者获得[100]。也就是说，即便胜方仅仅以百分之一的优势赢得了这一州的选举,该州全部的选举人票数都会记在胜出的一方上。大选的结果,是根据计算每个参选者夺得的选举人票数的总和而来[101]。获得270张选举人票的竞选方胜利[102]。单州选举人票数最多的是加利福尼亚州,自身拥有55张选举人票。其次是德克萨斯州,共计38张选举人票。共有30个州的选举人票数小于10张,其中8个州拥有最少的3票席位[103]。

如果想了解国父们为何制定这样一个间接选举的模式,来决定这个国家的最高领袖,这恐怕要追根溯源到美国建立之初的历史背景和文化因素。首先,美国的国父们采用这样间接的选举方式,是为了有效地避免多数暴政的可能。从1787年宪法会议中不同代表的发言中不难看出,当时的政治领袖对民众是否具有足够的政治智慧来选择出最优秀的领导者来引领这个国家存在很多质疑[104]。许多代表认为,民众对政治的敏感度十分低,也缺少能提供判断的信息和资源,所以非常容易被投机分子利用和欺骗,投出并不明智的一票[105]。同时,这样的选举方式可以尽最大可能使每个州都拥有相对公平的选举权利,即能通过增加选举人票数的比重,来保护人口较多州应有的权利,也能让人口较少州的选民有足够的发言权。如果以直接民主的方式选举,在那样一个信息极不流通的时代,只要征服居住在人口众多的东西两岸的民众,基本就可以稳操大选的胜券。中西部地区及北部地区那些人口相对稀疏的州将失去自身的利益。不仅如此,这样的设计也迫使竞选者考虑各个阶层的需求,他们需要走访乡村和田间,拜会少数族

总统大选
全民参与的盛会　非全民参与的结果

裔和弱势群体,以争取他们的选票。而不是仅仅专注于人口密集的大城市,向富可敌国的大工厂进行密集宣传。从这个意义上说,这样间接的方式,可以权衡绝大部分人的利益,让弱势人群依然得到比较公平的机会和权利。

当然,有利则必然有弊,任何系统总有瑕疵和缺陷。选举人系统在有效地避免了多数暴政和平衡了各派政见的同时,也在操作上带来了许多问题。虽然理论上每个州的选票都至关重要,但由于美国许多州带有明显的政治倾向,赢得大选的关键只落在了几个关键摇摆州身上。德克萨斯州近年来一直是共和党的主要票仓,马萨诸塞州亦是民主党的大本营。凡此种种的既定优势,使选战的重心不再是赢得每一个州和每一个人的选票,而是在保障自己大本营稳胜的情况下,将大量的资金和资源集中投入到摇摆州的竞争中。对明显没有优势的州主动放弃,这对当地那些与多数民众持相反政见的少数派来说,却是极不公平的,因为投票完全没有任何意义和作用可言。这也助长了民众不愿参与投票的行为。

1960年大选,尼克松的失利便是一个经典的案例。在选举之初,尼克松信誓旦旦地在公众面前承诺,开展

肯尼迪(左)与尼克松角逐总统大位

悟解美国
　　一个留学生眼中的美国规则

肯尼迪在进行演讲

一次面向全国的选战,坚决摒弃只关注某几个关键州的低劣战术[106]。他向全美人民保证,他会亲自走访每一个州,因为他是全美人民的总统。如此豪言壮语确实在选举初期博来不少眼球和青睐。但是随着选战拉开帷幕,尼克松这一不切实际的策略慢慢显露了马脚,这也成为奠定尼克松败选的错误之一。相反,肯尼迪阵营却早早确定了九个重点州的策略。在坚固自己稳定票仓的同时,将宣传的重点和肯尼迪的主要活动区域都安排在这九个州中[107]。从一开始便以稳健的步伐和明确的重心,开展自己的竞选工作。而所谓的全国选战策略,意味着竞选者要对每个州付出大致相同的时间、精力以及成本去吸引选票和活动群众。尼克松不得不走访每一个州,在那里举办活动和演说。这样的精神是可嘉的,但实际操作起来是不可能完成的。全美共计50个州且幅员辽阔,不说辗转其中耗时甚久,如果将募集到的资金均匀分散,覆盖虽广但关键州得不到足够的

总统大选
全民参与的盛会　非全民参与的结果

约翰·肯尼迪（左）和他的兄弟罗伯特·肯尼迪（右）在一起

资金与对手较量，早已稳操胜券的州却又坐拥大笔可有可无的资金进行宣传，对结果毫无贡献。最可怕的是，如此安排的战术，迫使尼克松必须持续往返奔波于全美各个角落，致使他没有足够的休息来维持充沛的精力。选战不仅仅考的是智力，同样拼的是体力。数以百计场次的演讲、晚宴，笑容成了固定表情，握手成了习惯动作。尼克松当年已年近半百，身体上其实对这样高强度的竞选活动支撑起来十分困难。据统计尼克松共飞行65500英里，访问188座城市，进行了150场重要演讲，估计有至少100万民众亲眼见过尼克松[108]。直观看来，这些数据确实令人咋舌。且不算准备与行程需要的时间和精力，以及做演讲和出席活动需要的体力和精神，光是能走下这一程，已然不易。但是这些华丽的数据，不能掩盖战略上的劣势。当肯尼迪在人口众多且对结果有着绝对影响的伊利诺伊州、新泽西州、新英格兰州等地频繁活动接近选民时，尼克松却尴尬地坐在飞往阿拉斯加的飞机上，为无关痛痒的3张选举人票做无谓的努力[109]。重要的是，这样的行程让尼克松疲于奔命，状态每况愈下，在竞选后半程多次出现低级的口误，演讲内容也逐渐含糊不清[110]。前文所提的第一次电视辩论中，尼克松糟糕的表现，也要归咎于如此密集的行程。尼

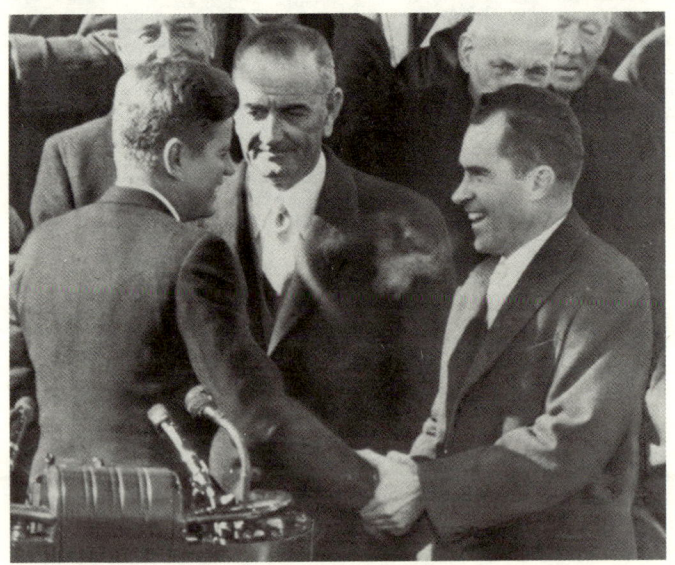

在肯尼迪总统的就职典礼上，尼克松（右）祝贺肯尼迪（左）当选总统

总统大选
全民参与的盛会　非全民参与的结果

克松在辩论前一晚才赶到辩论所在城市芝加哥。在毫无休息的情况下，又在辩论当天早上进行了两次演讲[111]。忙碌的他已经顾不上了解和适应电视辩论的步骤和环境。同时，由于高密度的工作，使尼克松的体重直线下滑，面色极其难看。致使尼克松与年轻气盛的肯尼迪站在一起时，显出的是老态龙钟[112]。肯尼迪不再像个乳臭未干的小伙子，而是神采奕奕、充满活力的政治新星。而尼克松也褪去了老谋深算、成熟稳健的政治家形象，更像是一个疲惫不堪的老人。一举颠覆了选民心中两位竞选者的形象。电视辩论让肯尼迪获得了一边倒的赞美和喜爱。而 1960 年大选，最终毫无悬念地让肯尼迪开始了他传奇的总统生涯。

如果说只着眼于关键州是战术上的侧重而不是制度上的漏洞的话，那么民主选举产生的总统，所得民众投票票数却不及对手甚至没有达到多数，直接指出了这套系统存在的问题。历史上共发生过四次这样的情况，分别出现在 1824 年、1876 年、1888 年和 2000 年[113]。由于各州的选举政策强调胜者获得所有选举人票数，所以无论是以 50.1% 赢，还是 100% 赢都只会获得该州选举人投票的全部。所以，有一种可能出现的情况便是，当一位竞选者以极其微弱的优势赢得了几个选举人票大户州的选票，但以极大劣势失掉了其他小票仓州的选票时，即便获得的民众支持票少于对方阵营，却依然在选举人票数上遥遥领先于对手，从而坐上总统大位。这样的结果明显有悖于民众的选择。2000 年布什与戈尔的大选便是近年来最有说服力的证据。根据数据显示，在 2000 年总统大选中，布什共从 538 张选举人票中获得了 271 张,以 5 票优势赢得总统大选的胜利[114]。但从民众投票选择上看,支持布什的民众共计约五千万零五十万人,占全美人数的 47.9%,而支持戈尔的选民共计五千一百万人,占全美人数的 48.4%[115]。从公众的意愿上看,戈尔一方是人民明显的选择,但由于选举人体制,布什开始了他的总统之旅。在这次选举中,共有 12 个州的 139 张选举人票结果是由差距小于 5% 的民众选票决定的[116]。其中在佛罗里达州,布什仅以 0.0092% 的优势赢得当地的选举[117],而这微弱的优势却给布什阵营带来了 25 张选举人票。同时,如果从公平的角度上分析,这样的设计也并不十分合理。从数据上看,加利福尼亚州虽然选举人票数多,但是由于人口也占比巨大,所以平均每 67.7 万人才获有一张选举人票,而在怀俄明州每 56.3 万人便有一张选举人票[118]。这也侧面证明了选举人系统有不公正的一面。

四年以后,重振旗鼓:
花落谁家并无妨

总统大选,与其说是一个政治家的舞台,不如说是一个全民参与的盛会。从党内初选到最后投票,一轮轮的选举,就像一部精彩的电影,从前奏推向高潮,并最终落下帷幕。普通民众在整场大戏中,扮演的仅仅是参与者的角色。每一票固然十分重要,但在一个忽略民众投票数量的系统中,

总统大选
全民参与的盛会　非全民参与的结果

单个民众对结果的影响势单力薄,绝无左右全局的可能。然而,随着270选举人票的目标达成,总统选举的大戏也就圆满画上了句号。无论花落谁家,第二天每个人也都会开始自己正常的工作和生活。对于很多人来说,政治生活与他们太过遥远,每四年一次的投票,无论结果如何,起码让他们有了参与其中的感觉。无论谁胜谁负,系统依旧会开始自己的运转。可能唯一真正感到不同的,只有即将入主白宫的未来总统本人和他的亲人。

观看整场政治大戏后,最让人惊讶的并不是选举本身,而是整个过程中民众从合到分,再从分到合的过程。在这紧锣密鼓的一年中,全美的绝大部分民众,会旗帜鲜明地分为两派,且互不服输。竞选者在辩论中的火药味,如果换做是街头口角,势必引来一场拳脚相对。一个国家在未来的走向上能够分裂到如此地步的同时,却在选举结束的那一刹那又恢复成一个整体,着实令人惊讶。从选举结束的那天开始,当选者便不再以某一党派作为自己的标签,而是以全美国人民的总统开始自己的征程。民众也隐没自己民主党和共和党的身份,回到自己平常的生活中。即使选举的结果存在疑义,也不会以武力和暴力大打出手,上演一场全武行的闹剧,而是诉诸于法律,以和平、公正的方式寻求解决的办法,并最终达成一个共识。胜者昂首挺胸开始自己带领人民的四年,而败者则偃旗息鼓等待下次挑战的时机。异议与不同被搁置,四年后的大选又是新的一轮。

选战幕后：
明枪暗箭为选票——负面竞选

选战幕后：
明枪暗箭为选票——负面竞选

四年一度的美国总统大选，是政治精英们斗智斗勇的竞技场。为了赢得选民的支持，各路英雄使出浑身解数，将自己最优秀、最亲和、最完美的一面展示给大家。他们都在努力让民众相信，自己将是带领这个国家未来四年的不二人选。作为对政治颇感兴趣的学生而言，选年的热闹程度和刺激程度，就像世界杯对于足球迷，NBA总决赛对于篮球迷一样精彩纷呈。赴美前对大选知之甚少。就像站在盛大的足球场外无法入场，却只能竖起耳朵尽力捕捉偶尔从场内山呼海啸般的叫嚷声中偷跑出来的余音一样尴尬。对大选的消息，很多时候只是新闻中一条陈述性的报道，虽然时下网络的流行给我们提供了更多第一手的材料，但大多也只是阶段性重要事件的回顾。真正的开始了解美国大选，是从来到美国后。书本上所写的知识仅仅是其中的一小部分，而设身处地地融入其中让我感受到了全方面的选战。

原来，我们经常听到的那些精彩的演讲，看到的漂亮的宣传单，吸引眼球的广告，仅仅是选战中阳谋的部分，而负面竞选更是整个选战中必不可少的阴谋部分。毕竟，这场政治游戏的胜负决定的是这个国家未来命运和一个政治家毕生的梦想。随着选情的迫在眉睫，骑士精神、君子协定早已不复存在，问鼎宝座才是重中之重。俗话说，明枪易躲，暗箭难防。我们司空见惯的都是这些台上光明正大的选战策略，好比只攻上三路的绅士功夫，却忽略了那些真正置人于死地的负面竞选策略。而这些所谓的暗箭，其手段之高明、方法之纯熟，充分体现了美国政治精英们善于利用规则的能力。即便有违道德，却全部有法可依，让中招者恨之入骨的同时，也无法将始作俑者诉诸于法律，更不能将结果推倒重来，只能在无可奈何之余，暗自佩服设计者的高超手腕。

  为了在这场决定国家最高权力的从属之战中崭露头角，各位竞选者从党内初选开始，便要过五关斩六将，用尽浑身解数争取大众的支持。经过数轮筛选仍然屹立不倒者，往往都是各路精英，文治武功样样精通。这些人早已不是那些仅凭聪明才智、执政能力和个人魅力便能轻松淘汰的泛泛之辈。己方支持率上升空间随着时间的拖延和竞争的激烈也逐渐缩小。所以，削减敌手的支持率，拉开相对差距，便成为最有效的取胜法宝。虽然各竞选团队往往在竞选之初，都扬言摒弃这种低劣的竞争手段，但随着战事的逐渐胶着，大家也就顾不上那么许多，撕破脸来开始暗地里使劲，招招直冲对手的要害。别看这些招数阴险毒辣，设计者往往精通法律，绝不越雷池半步，同时还要拿捏、把握民众对这类活动的忍受程度，避免出现偷鸡不成反蚀把米的恶果。所以，各个竞选者和他们的团队都在这些负面竞选策略上下足了功夫。虽然法律对负面竞选的清规戒律日渐周密，但总会有人游弋在底线的边缘，不断地运用新技术、新方法去左右竞选的结果。记录在案的许多经典案例,虽然很多已被限制和禁止,成为陈年往事,但这些历史却可以呈现给我们一个更加完整和立体的总统大选。负面竞选也不会真正偃旗息鼓,而是变换着自己的形式继续在政治舞台的中央徘徊。换汤不换药地为一代又一代政治精英寻找出奇制胜的一招。

谣言与诽谤齐飞:
负面竞选的前世今生

说到负面竞选,李·艾特沃特的大名一定会被许多人提起。作为一名靠辅佐竞选者赢得选战为生的职业竞选经理人,李·艾特沃特以诡计多端、善用负面竞选而闻名于世。正是在他的鼎力相助下,老布什拿下了1988年的总统宝座。他在效力于老布什的阵营前,就在南卡罗来纳州的共和党政治圈声名鹤立。1978年辅助卡罗尔·坎贝尔拿下众议院席位也是其助选史上浓墨重彩的一笔。当时,坎贝尔的竞争对手是马克思·海勒,一名犹太移民,二战时逃出希特勒的魔爪来到美国。抛开政见不谈,海勒最大的不同点在于他并不信奉基督教,而是一名犹太教徒。按照常理,选民最关心的问题主要集中在经济发展和社会进步等与自己生活息息相关的方面。对竞选者的选择也多是根据他是否能维护本地区选民的利益,满足他们的切实要求。竞选

悟解美国
一个留学生眼中的美国规则

李·艾特沃特（左）和老布什（右）在一起

者的信仰并不是竞选中探讨的重点。而李·艾特沃特正是看到了海勒身上这一可能的弱点，通过种种手段，成功地让个人宗教信仰成为整个选举的热点话题，致使海勒的支持率骤降，最终败北。

首先，李·艾特沃特率先使用了后来被广泛效仿的诱导性民调方法，向选民植入关于海勒的宗教信仰的信息[119]。所谓诱导性民调，顾名思义是借助民调的形式传播和灌输一些组织者希望选民收到的信息。而这些民调多以第三方中立机构作为掩护，采用电话或问卷调查的形式，将信息隐藏在题干或选项的字里行间。比如，许多选民收到一份问卷，要求他们列举出最能形容坎贝尔和海勒的词语，其中特别将犹太教徒与基督教徒以及诚实、努力等其他形容词叠放在一起[120]。很明显，这一问题的目的就是让人们意识到海勒是犹太教徒而不是基督教徒，并试图让其逐渐发

选战幕后：
明枪暗箭为选票——负面竞选

酵。受访者的答案其实无关紧要，关键是要将海勒不信基督教这一话题推向舆论的焦点[121]。如果说诱导性民调这一招尚且含蓄，那么特意安排一个陪选者咬着海勒的宗教问题不放恐怕就更为露骨了。在竞选初期，从天而降一位神秘的独立竞选人，没有漂亮的从政经历，在政策上也毫无建树。这个注定要失败的竞选者，却屡屡向海勒发难，咬着宗教问题不放，甚至在投票日的前两天召开新闻发布会，攻击海勒拒绝承认耶稣的存在[122]。由于选区处在非常保守且基督教徒占绝大部分的南部，许多选民对宗教问题本就比较敏感，李·艾特沃特添油加醋的鼓动更加深了他们对海勒的反感，甚至当面质问和批评海勒的宗教信仰。虽然李·艾特沃特从没公开承认那个神秘的陪选者是他一手策划的战术，但种种迹象都将始作俑者的矛头指向了他。

李·艾特沃特不仅仅诡计多端，且具有敏锐的政治嗅

李·艾特沃特（左）和老布什（右）在一起

悟解美国
一个留学生眼中的美国规则

觉,犀利的分析能力,独树一帜的媒体形象和高超的战术素养。这也使他在共和党圈中闯出了自己的名号。1988年他有幸成为了老布什参加总统竞选的幕后推手。时至八十年代末,电视已经是美国大众相对普及的家电,电视广告也逐渐深入人心。竞选团队很快便察觉到了电视广告的潜在威力,纷纷开始借力电视传媒。抹黑对手的负面广告是其中最常见的一种,其主要手法往往是单方面攻击对手的弱点和不足,通过精心地布置场景和设计情节让民众过目不忘。选战初期,各家的宣传广告相对更加阳春白雪,主要专注于宣扬自家选手的诸多优点和政策立场,形象颇为正面。往往是竞选者笑容灿烂、憨态可掬或者意气风发地介绍自己和家人,宣传自己的信仰、理念和政策。之所以初期并不进行负面攻击,推想其中原因可能有二。首先,由于初期参选者较多,主动进攻目标范围过大,投入甚多且收效不好,可能为别人做了嫁衣。其次,即便有足以制胜一击的材料,把握宣传的时机也十分重要。过早的攻击不仅会给对手辩解和适应的机会,其效果也会随着时间的推移逐渐淡化。最后一刻抛出重磅炸弹,则可以让对手无力喘息,选民的印象也会更加深刻。所以,负面宣传广告大都在选战后期频繁出现,抓住对方政策的漏洞或个人的瑕疵发起猛攻,抑或套用其他媒体或机构的观点,断章取义地放大敌手的缺点和不足。

1988年的总统竞选者分别是共和党的老布什与民主党的杜卡基斯。两人的政见在支持死刑的问题上存在重大分歧。老布什坚持对一级谋杀犯施以死刑。而杜卡基斯则反

选战幕后:
明枪暗箭为选票——负面竞选

乔治·布什（左）和迈克尔·杜卡基斯（右）第二次总统候选人辩论

对死刑判决。单纯从政策上分析，两者所持观点各有道理、互有千秋。民众在这一问题上也各执己见，旗鼓相当。持中间意见的选民，也游走于两个竞选者之间，持观望态度。然而，所有的平衡因为一个偶然事件的出现而被打破。原来，杜卡基斯作为马萨诸塞州州长的第一个任期内，曾否决过一项州内禁止死刑犯和终生监禁犯人获得周末假释的提案。然而，就在这一法案允许重刑犯周末假释后，一个名叫威利·霍顿的死刑犯，在周末假释期间绑架了一对年轻夫妇，残忍地将其杀害并多次实施强奸[123]。威利·霍顿曾因在抢劫中用刀刺杀一名男孩并残暴地捅了19刀，而被判一级谋杀将被执行死刑[124]。正是杜卡基斯否决的提案，让他有机会从监狱走出来实施这样残暴的恶行。这一事件迅速成为老布什阵营攻击杜卡基斯政策的主要证据和线索，并且将这一事件巧妙地与支持死刑与否相关联，造势成这一年竞

111

选的重点政策话题。虽然这个案件只是一个独立的事件，且不能完全代表杜卡基斯的立场和这个政策的结果，但是经过老布什阵营精心的安排和放大，使杜卡基斯的政策饱受批评。

故事最精彩的部分还不是这一事件的发生，而是李·艾特沃特如何巧妙地设计这一原始素材，将它的效果放到最大的同时也不会引火烧身，殃及自家阵营。民众本就讨厌政治抹黑的行为，所以对这些攻击也非常反感。为了不让政治攻击的色彩过于浓重，避免杜卡基斯阵营抓住把柄，老布什阵营不仅使用威利·霍顿的照片和图像材料用作广告进行攻击，还采用了更加委婉的表达手法：广告的开始是一组监狱的镜头，犯人正排着长队，随意地向监狱外走去[125]。而监狱的大门，已不再是戒备森严的铁门，而是换成了进出自如的旋转门[126]。广告的最后画龙点睛地填上一句："杜卡基斯要将他的政策推广到全美，美国承受不了这样的风险！"就这样，整个广告虽然只字未提老布什的政策和威利·霍顿的大名，但强烈的视觉观感和家喻户晓的霍顿案件足以让其发酵，并迅速成为了选民间的热点话题。杜卡基斯的支持度因此受到重创。同时，这个广告成功地将这次死刑和周末假释，塑造成了这次大选的争论重点。不仅如此，李·艾特沃特还炮制了诸如杜卡基斯有精神病，杜卡基斯的妻子曾经焚烧过美国国旗等谣言，并将其精准地散布到选民的耳中。杜卡基斯曾经领先的支持率瞬间滑落[127]。而杜卡基斯方面也屡屡在公关上错失良机，大乱自家阵脚。

选战幕后：
明枪暗箭为选票——负面竞选

1988年的选战最终以老布什的压倒性胜利结束，杜卡基斯只拿下十个州及华盛顿特区的选票。整个竞选过程，老布什和李·艾特沃特使用的种种手段最高明之处在于它的合法性。这些事例并非毫无根据的空穴来风，而是根据捕风捉影的信息进行恶意夸大。同时，杜卡基斯阵营没有直接证据表明，这一切都是老布什阵营的栽赃和陷害，毕竟流言本身就不需要证据确凿，且传播者是大众舆论，而非李·艾特沃特本人。因此，即便这样的行为极不道德，也没人能向法院或其他机构提起诉讼，以终止这样的恶性竞争。最终，杜卡基斯只能壮士断牙和血吞，饮恨离去。

聪明反被聪明误：
负面竞选也会引火烧身

时间跳转到2000年，南卡罗来纳州的共和党初选激烈展开，对阵双方为共和党领袖小布什和麦凯恩。这一站的竞选日后被媒体戏称为纯粹的负面手段赛，在美国竞选史上留下了独特的一笔。在南卡罗来纳州选举之前，麦凯恩以绝对领先的优势拿下了新南威尔士州，一下成为大家眼中的焦点，并希望趁势拿下南卡罗来纳一役。小布什阵营也是做好了精心的准备，希望借南卡罗来纳一方宝地狙击这位春风得意的候选人。势均力敌的麦凯恩阵营和小布什阵营，在各自的竞选纲领上难分伯仲，只好依靠负面竞选和抹黑对手一决高下。是日,麦凯恩阵营接连收到民众的投诉,声称有陌生人致电他们并长篇大论攻击麦凯恩。电话中的神秘人声言麦凯恩是个自由派的伪君子,敦促民众将票投给小布什。不仅是电话造访,诱导性民调、恶意宣传单等手段接连轰炸着南卡罗来纳州的民众,而其中对麦凯恩的一些无端指控,让本来倾心麦凯恩的选民情绪沮丧和失落。这些民调一直试图向民众兜售麦凯恩的种种恶行,比如曾有一个有色人种的私生女,是个精神病患者等。有的选民甚至因为偶像被侮辱而失声痛哭[128]。无独有偶,小布什恰好在几天前公开发布了一则攻击麦凯恩减税计划的负面广告[129]。诸多卑鄙的攻击和民众的强烈的反应激怒了麦凯恩。不久前才当众承诺不会运用任何负面竞争手段的他,恼羞成怒地决定放弃默默忍耐的策略,转以以牙还牙地进攻[130]。麦凯恩阵营迅速组织团队创作了一个抹黑小布什阵营的负面广告。在广告的最后,他更是直白地质问观众:"你们希望再有一个我

麦凯恩进行演讲

选战幕后：
明枪暗箭为选票——负面竞选

小布什总统进行演讲

们不能相信的人进驻白宫么？"指责小布什善于颠倒黑白，并讽刺他是共和党的比尔·克林顿[131]。

然而，在这一连串痛快的还击后，隔岸观火的看客始终有一个疑问悬而未决，小布什到底是不是这些负面竞选的主谋？没有直接的证据表明小布什竞选团队直接参与其中。况且负面竞选并非布什阵营独家所有，任何支持小布什的团体和个人，也能在不经过竞选团队授意的情况下，组建一支团队来进行这样的抹黑攻击。就在这个至关重要的问题尚无定见之时，麦凯恩却选择了强硬的回击，使得他受害者的形象荡然无存。即便麦凯恩屡次公开表示此举是出于无奈，民众也并不买账[132]。解释得越多越像是政客的诡辩，民众开始怀疑整场闹剧皆由麦凯恩自编自导，意在向小布什泼脏水。而他曾经信誓旦旦要杜绝负面竞选的承诺余音尚在，民众更加认定他是一个表里不一的骗子[133]。

　　南卡罗来纳州的票选结果揭示了麦凯恩负面手段的全盘失败。这一连串的竞选手段，不但没有给小布什减分，反倒让麦凯恩在民调中饱受抨击。他不断地在访谈中提及小布什阵营对他的人身攻击，却恰恰成为对手讥讽他的借口。民调显示，大部分的民众并不认为小布什是整个负面竞选的发起者，而更像是受害者，反倒是麦凯恩的形象更趋近于真正的骗子[134]。更有意思的是，当麦凯恩在电视荧屏上与小布什一决雌雄时，布什团队在另外一个广播传媒主战场与反对麦凯恩政策的利益集团强强联手，不断地抨击麦凯恩的政策，致使许多听众被这样的鼓动所引导，加入了支持小布什的阵营[135]。

尔虞我诈的背后：
对规则的利用

　　历届竞选，负面竞选的事件层出不穷，只是我们远隔万里，很少能留意这些故事的细节。形式无论怎样推陈出新，也不可能改变其中的本质。不想过多评论政治的黑暗，权利的诱惑总会让许多人不择手段。冷眼旁观这一幕幕闹剧，不得不感叹，再细致的法律与规定，也挡不住种种阴谋诡计。再洁身自好的政客，也不免在背后有着不为人知的一面。试问这些身居要职的政治家们，有多少能誓

选战幕后：
明枪暗箭为选票——负面竞选

言自己从未使用过抹黑的手段。又有多少是昧着良心、冠冕堂皇地讲一套、做一套。也许那些从无劣迹的官员只是技高一筹，没有被人发现而已。而从一个国家发展的角度上考虑，种种不正当竞争的手段确实祸国殃民。政客决定着这个国家和人民的命运。所以选举的核心应该是他们的政见，是如何带领这个国家和人民再上一个新的台阶。一个官员的身世和背景固然重要，但不应成为最主要的选择条件。最可怕的是让那些子虚乌有的污蔑和诽谤来影响决定国家领袖的过程。

不得不承认，抹黑的手段如果使用得当，在白热化的政治选举中确实能建奇功，这也正是如此众多的竞选者依赖这种手段的原因。选战进行到最后，有明显政策倾向和党派划分的民众心意已决，决定胜负的往往是尚无定见的中间选民。既然竞选者无法从政见下手博取选民的支持，只得通过对个人的喜好与厌恶来一分高下。归根结底，一切的原因来自于选举系统本身。然而，有利则必有弊，每一个系统总有自己的长处和劣势，只是程度和方式不同而已。

而反观这些明争暗斗的背后，不得不佩服的是美国政客们善于利用规则和对规则本身的尊重。即便是被种种不正当手段拉下马来，输者也不会过多地争论，痛痛快快地承认落选。赢者大大方方走马上任，开始自己的下一段历程。许多政治精英竞选落败后，便偃旗息鼓，回到自己本来的岗位上继续工作。有的四年之后再杀个回马枪，还有的则淡出政坛，不再继续这种刀光剑影般的日子。一切功名利禄似乎也只是过眼云烟。因抹黑而败阵的杜卡基斯,几十年后面对采访镜头,说起往事也不过略带无奈地笑了笑,甚至还给对手李·艾特沃特一些肯定,赞叹其高超的手段[136]。如果那些抹黑的伎俩有违法律,自然要诉诸法律求得公正。如果仅仅在灰色地带徘徊,也毫无确凿证据,受害者也就只能认栽。总之,不管因为什么样的原因,既然输掉了比赛,就应像战士样潇洒地离去,等待明日东山再起。即便对方的手段不光彩,但他也是被民众一票票投出来的胜利者,这一点不容质疑。即使多年后,民众后悔当时的选择,痛恨被欺骗和谎言左右,也不能否定选举的合法性。对于伎俩的论战是道德上的谴责,而不是对规则的否定。就像美国人常说的那句,不要恨那些利用规则的人,而是恨这可恶的制度。

公众利益和个人权利的平衡
——集会自由的边界与规则

公众利益和个人权利的平衡
集会自由的边界与规则

穿梭于美国的城市间,除了路边的风光和著名的景点值得注目外,各式各样的游行,绝对是一道道靓丽的风景线。记得第一次去美国旅行,刚下飞机就碰到了游行的队伍。具体游行的目的已然记不清楚,只记得浩浩荡荡的人群,穿着相对统一的着装,慢慢悠悠地向前移动。时不时的,游行的人还会停下,向我们招手、微笑。在游行队伍的尾端,两个大腹便便的警察,慢慢悠悠地随着游行的队伍向前缓缓挪动。对于从小长在中国的我,这可是件很新鲜的事情。打小的记忆,如果说完全没有游行是不准确的,只不过因为年纪太小,听得多而见得少。美国轰炸我驻南联盟使馆的时候,我还在小学。记得电视里播出了一波波愤怒的学生、青年在美国使馆示威的图像,那是第一次真正意义上见识游行、示威。第一次亲临现场感受,是在工人体育场的足球比赛结束后,见到愤怒的球迷通过游街的方式表达自己的不满。记忆最深的一回,莫过于亚洲杯中日决赛有争议地输给了日本后,愤怒的球迷包围了整个工人体育场,沿着周边的街道一遍遍嚷嚷着、发泄着。武警在旁边严阵以待,生怕事态激化。这基本上就是我对游行等活动仅存的记忆。

后来在美国呆得久了一些,对游行的事件已经习惯了许多。在城市里活动,时不时的遇上一两个游行的队伍,是件习以为常的事情。见得多了,也就发现每个游行队伍的情况也有不同。如果将政治不稳定的衡量标准,简单地以发生游行的次数来算的话,估计美国将是当之无愧的最混乱的地方。然而,许多游行并不具有很强的破坏力,只是很多人表达自己态度和观点的方式。有的甚至已经成为当地的一个招牌或者节日,每年都要举办一两次类似的活动,游客也蜂拥而至前来参观。也有很大一部分是为了表达自己的不满或抗议政府的不公,罢工游行就是其中的一种,大体形式与之前描述的游行大致相同,只不过气氛不再那么充满娱乐性,参加者脸上不再洋溢着愉悦的神情,取而代之的是满脸的凝重。警察偶尔会增多一两个,也不再那么松散,但也远不到草木皆兵的程度。遇到事态更严重些的,荷枪实弹的特警会加入到巡逻的队伍中,在街头也会出现布控的情况,但这样的阵仗实属罕见。民众对待这样游行的态度似乎十分平淡,该干活的干活,该上班的上班,除了一些有闲散时间的人驻足观看或者示以声援外,绝大部分的人依旧行色匆匆地穿行其中,绝不多逗留一刻。

　　民众的泰然自若,似乎突出了民众对这种事件的习以为常。而出现频律之密,发动起因之广,也影射了经常被国人提及的集会自由的理念。只要你有这样的诉求,不需过多手续,便可以用自己的方式表达自己的意愿。当然,也不是所有的游行与示威都会在和平中收场。

公众利益和个人权利的平衡
集会自由的边界与规则

被迫终止的集会：
自由政府抵制占领运动

2011年爆发的"占领华尔街"运动以及后面陆续开展的在各个城市的占领行动，吸引了全世界的聚光灯。正当这一话题即将成为很多人津津乐道，用以作为集会自由的最好例子时，美国政府和警方采取的措施却让公众震惊。2011年11月30日，在"占领华尔街"运动的起始地纽约，已经持续了两个月的占领运动正如火如荼地进行，大批警察冲入了示威者的阵地，将他们驱散，并逮捕了不下三百名示威者[137]。在纽约警方的整个行动中，虽然双方都尽力

一名"占领华尔街"运动示威者在美国纽约证交所对面联邦大厅台阶上与其他人齐声唱歌

悟解美国
一个留学生眼中的美国规则

警方逮捕"占领华尔街"运动参与者

保持克制,却还是造成了 10 名示威者和 7 名警官受伤,并有 5 名被逮捕的示威者因为恶性袭击执法人员被起诉[138]。除了纽约、洛杉矶、华盛顿和芝加哥等城市,其他城市也相继进行了对占领运动清场和逮捕行动,数十名参与者被带回警局询问[139]。

一贯以自由作为自家安身立命之本,以对自己国民笑容满面、憨态可掬著称的"山姆大叔",忽然横眉冷对那些高喊着自由、平等的子民,着实让人有些诧异。如果我们姑且把政府是慑于华尔街大亨们的淫威和阴谋论的论调搁置一边,一个崇尚言论自由、集会自由的国度,在世界媒体众目睽睽之下施以"暴行",显然政府的这种行为一定是有理可依,有法可循的,否则也绝不敢这样冒着违反宪法的罪责贸然行动。那么到底是哪条法令,哪个条款,给予了政府这样的权力呢?纽约市长彭博针对这一行动的解释是这样的:"从占领活动的开始,我就向公众阐述过我们的两个原则,在确保公众的卫生和安全的同时,确保每一位公民自由集会的权利。然而,当这两个原则相互矛盾时,维护城市的

公众利益和个人权利的平衡
集会自由的边界与规则

"占领华尔街"运动的参与者

卫生和民众的安全是我们最优先的选择。"[140] 归纳这段讲话,言下之意便是,如果一次集会,无论选题如何,人数多少,一旦对公众的安全、卫生造成了不良影响,政府是有权力停止这类活动的进行。

自由的界限:
集会自由也要有规有矩

其实彭博市长的这一观点并非首创,在过去的50余年中,政府对许多群体性集会的介入,都是以这一观点作为法律论据进行的。而这一论据的核心,是美国最高法院1941年在 Cox V.S. New Hampshire 案的裁决中,给予地方

125

悟解美国
一个留学生眼中的美国规则

纽约市长彭博

政府规定公共集会的时间、地点和集会者行为的权利[141]。值得注意的是,法庭的判决并不意味着政府可以剥夺部分民众的集会权利。而是为了保证更大范围内民众的福祉。使这些集会在最大程度上不干扰到居民在这个城市工作、生活的正常秩序[142]。也就是说,当政府裁决一个集会在时间、地点或者行为上是否符合要求时,必须与政府对其他团体和类似活动做出的裁决进行比较。如果存在明显的差异,则政府违反了宪法第一修正案,裁决无效[143]。但如果政府并未违宪,则集会者必须服从政府的命令[144]。另外,如果集会对其他民众造成伤害,如严重影响公共卫生或损害公共安全,则活动参与者集会自由的权利将被暂时废止[145]。也正是这一裁决规定了涉及民众较多的大规模公共集会需要向有关政府递交申请并获得批准。所以我们看到的许多游行、示威都是经过政府批准,规定好时间、地点和行为之后的产物。这为警方与政府其他相关部门配合、支持集

公众利益和个人权利的平衡
集会自由的边界与规则

警察驱散"占领华尔街"示威者

会的顺利进行提供了帮助。许可的颁发并不仅仅是政府对集会的允许,同时也是政府需要负起相关责任和义务的保证。既然已经得到批准,政府相关部门的人员,就需要肩负起维护这一部分人自由集会权利的义务。这也就解释了为何很多集会都会有警方工作人员相伴。

　　需要申报获准的标准取决于地方政府的规定。就纽约地区而言,以下情况需要向政府申请:第一,预计参与人数超过20人且集会地点在公共公园;第二,游行活动涉及交通主干道;第三,游行队伍涉及50辆及以上汽车或自行车;第四,活动期间需要用到扩音设备;第五,集会地点涉及市政府大楼、办公大厦,则需与警方沟通[146]。除此以外,政府还规定,集会活动不得阻挡建筑物的出入口及公共使用的道路[147]。涉及占用公共道路的游行集会,警方需根据道路交通情况与集会人员的数量进行评估,以保证集会人员与民众的安全[148]。对于扬声器的使用范围、时间以及分贝的大小，纽约政府亦有明文规定，尽量避免扬声器干扰到附近居民的正常作息[149]。

　　除了上述的这些限制外，法律对自由集会的内容亦有宏观的规定。首先，权利法案上直截了当地规定宪法保护的是和平集会。换言之，一切暴力的、有损他人生命、财产安全的行为，是不受这一法案保护的。"占领华尔街"运动的近千号示威者只是在华尔街的大道上抗议，而并没有冲进交易所。这样克制的原因一方面是担心这些不理智的措施会给予政府一个停止活动的合理借口，另一方面也怕失去道德高地，承担舆论的压力和批评。为了一时冲动将一个本是提倡平等，为社会底层人民呐喊的正义行动，降为了地痞无赖横行的暴力事件，得不偿失。集会游行的内容除了必须以和平的方式进行外，也必须与宪法规定对言论自由的一些限制相符。

"占领华尔街"示威者与警察发生冲突

公众利益和个人权利的平衡
集会自由的边界与规则

制度的平衡：
社会的利益高于个人

就具体条款的细微程度而言，这些规定可谓是非常繁琐的。但细致法规带来的好处，是能够彻底地贯彻和落实。是与不是，能与不能的界限相对明确，将争论和模糊的空间压缩到了最低。政府可以根据如此详细的规定，给自己的行动正名。活动参与者也可以根据规定注意自己的行为，并判断是否被公正地对待。绝大部分活动组织者的目的是表达自己的主张和想法，而不是制造混乱，所以不会希望被强制地停止活动，自然也会尽力地去遵守各项规则。政府和警方也希望尽量避免阻止别人发表看法的权利，而不希望被别人误解和指责。所以规则定得越细致，遵守起来就越容易。反倒是那些非常宽泛的规则和法律，给人们太多可以自行解释和思考的空间。虽然这样的设计存在非常强的优势，针对不同的情况可以有不同的处理方法和结果。但给执行层面，尤其是像警方这样需要短时间快决断的部门，带来了一定的麻烦。毕竟许多情况没有时间细细讨论和向法院等机构征询意见。

整个系统最完美的地方在于法院作为第三方独立仲裁人所起到的作用。不论对法院的独立性是否存在怀疑，人们都不得不承认，这样一个相对独立的仲裁者的存在使双方的行动都有了一把丈量的尺子。不能听取当事人的一面之词,是我们自小就明白的浅显道理。每当发生争执,双方一定会手握大量证据相互指责,很难带有完全的公正性。而法院恰恰弥补了这一空缺,为双方提供了一个解释、裁判的平台。就以纽约清散"占领华尔街"运动为例,法律对于损害公众卫生和安全的界定相对模糊。究竟用什么样的标准来定义,相信不同的官员会有不同的观点,至少是一个可以争论的问题。试想占领运动的参与者势必不接受市长大人给出的理由,且认为自己的行为远没有构成对公共卫生和安全严重的危害。如此他们是有条件向法院提起上诉,由法官们对政府的这一行为进行评判。不论结果如何,双方都可以得到一个相对公正的裁决和解答。同时,这样的平台也可以逐渐地将法规模糊的部分明朗化。如果没有这样的机构,或者这样的机构与政府重叠,那么法院就不可能有机会对模糊的法规界定进行辩驳,因为作为当事一方,任何解释都是不会令对方信服的。当法规的制定者和监督执行者是一个人时,即便秉公执法,丝毫不偏不倚,也会贻人口实。长此以往缺少公允的平台,不仅没有减少模糊的法规界定,反而会使法规的标准更加难以捉摸。在标准不清的情况下,最终会招致政府或集会人员一方权利的不断增大。当然,不是所有的法规都能以具体指标或数据作为标准。很多法规需要当事人根据现实情况进行判断。诚然,美国的政府也希望力量的天平向自己一方倾斜,以便获得更多的权力,从而利用规则使自己的利益最大化。但不同的是,法院作为标尺时刻注意和衡量着政府的行为,

公众利益和个人权利的平衡
集会自由的边界与规则

在其越界时予以惩戒,在其正确时予以支持。

最高法院针对自由集会权利的裁决,以及对集会内容、方式的规定,揭示了集会自由是相对的自由而不是绝对的自由,是建立在不影响社会秩序的基础之上。这也带给我们关于个人权利和集体利益的思考。每个人确实都享有相同的权利,但是如果将每个人的权利都发挥到最大,却未必能够将集体的权益最大化。因为个别人或者少部分人希望得到的权利可能是与集体权益相左的。政府作为社会秩序的维持者,需要维护两个权益,分别是整个社会的权益以及个人自由的权利。当这两个目标发生冲突时,我们需要照顾的是整个社会的权益。保护个人权利的基础,是建立在不扰乱整体社会秩序,不侵害他人权益之上的。当然,做到尽量保护个人权利时很难完全不伤害到他人。当游行在公共街道上,同路的行人多多少少都会受到阻碍,往来的车辆,多多少少也会因此承受堵塞之苦。完全不侵害他人权益是非常难做到的,毕竟空间、时间和资源有限,所以只能退而求其次,尽量不破坏社会总体的权益。进而也就衍生出了对时间、地点、方式的控制,以及对卫生、安全的考虑。自由不代表没有约束的肆意妄为,而没有约束的行为表达也绝不是自由,那是暴力,是犯罪。允许对个人自由的追逐,是一个社会进步的体现,但过分强调和夸大个人或者少数人的绝对自由,恰恰是社会退步的表征,是对自由和民主这一概念的践踏。

可惜的是,这似乎正是我们时常忽略的细节。初来乍到的我们,第一眼便看到了为自己权益走上街头呐喊的人们，看到了为抗议政府站在白宫前的学生，我们感慨那就是自由，那就是民主。但是我们忽略了他们的克制和隐忍。集会自由并不是不受任何权力的限制，肆意表达不满和诉求。我们没有看到这些行为背后的约束。没有束缚的自由和没有程序的民主，不是善举而是暴力。

大学城和小镇生活：
感受美国城市化

大学城和小镇生活：
感受美国城市化

说起美国的城市化，人们首先想到的一定是纽约、华盛顿、洛杉矶、芝加哥和拉斯维加斯等大城市。那些繁华的街道，高耸的楼宇，四通八达的高速路，点缀其间的成荫绿树，无不让人印象深刻。人们行有车，居有墅，政治稳定、经济富强、文化繁荣，构成了人们对美国城市的第一印象。这种印象的形成并非偶然，这些明星城市永远是各种新闻、影片中出镜率最高的，同时也是到美国旅游观光的游客最有可能落脚的目的地。记得十几岁时第一次到美国游学，游历了纽约、华盛顿、洛杉矶等城市，又在小镇南本德居住一个月，我不时惊讶于这些城市中高楼大厦的壮观密集，街道的宽阔整洁，以及植被、红绿灯、人行横道等诸多细节的完善与人性化。那时北京的建设虽已初具规模，但与之相较，仍略逊一筹。眼见北京与这些美国城市的差距，给年幼的我留下了极为深刻的印象。而这种印象并非我所独有，周围去过美国的朋友、亲人无不有此感受。然而来美国读大学后，再次到访当年去过的城市，我的感受却与之前大相径庭。城市的建筑和设施已经明显老化，使人不再有之前的喜悦感和新鲜感。与北京、上海比起来，美国的这些一线城市，更有一点没落贵族的感觉，远看依然气势恢弘，但近看早已老气横秋。而北京、上海

悟解美国
一个留学生眼中的美国规则

更像是初来乍到的新贵,珠光宝气的外表下,还略带些青涩和浮夸。归结两次到访感受骤然不同的原因,一是我国自身建设的飞速发展,国内一线重点城市发展日新月异;二是我国的建筑都是近十几年来如雨后春笋般破土而出的,所有的楼宇都采用了最新的设计、技术和材料,看上去势必要比美国上世纪六七十年代建成的摩天大楼靓丽许多。在城市的细节设计上,我们甚至比美国还要超前,还要现代。因此,一些美国不过如此的论调也愈发响亮。持此论调者虽不敢扬言我国城市发展已远超美国,但多少会为北京、上海等国际化大都市和其他一线城市的发展沾沾自喜。

诚然,我国部分城市的发展之快确实空前。自留学以来,每每回家探亲我总会为北京的巨大变化而瞠目。短短几年中,北京的地铁已从三条蔓延到了城市的各个角落,摩

玛瑞埃塔大学校园一景

大学城和小镇生活：
感受美国城市化

天大楼已不再是 CBD 的专利，且扩张之势丝毫不减。反观美国诸多城市，城市基本已经定型，没有太多变化。

然而，重点城市作为城市建设的一方面，显然不足以衡量国家的总体水平。若要客观地了解总体情况，小城镇亦是其中不容忽视的一部分。它恰恰从另一个侧面勾勒出了城市建设的力度和深度。去过美国的人不少，真正去过美国小镇的人估计不会太多。经过四年美国小镇的亲身体验，我从另一个角度体会到了美国城市建设的优势，也发现了我们对美国城市发展存在着的误解。那些星光灿烂的大城市确实是美国城市发展的标志，但并不是其发展的全面体现。而恰恰是这些星罗棋布，遍及全美，却又大多默默无闻的小城，展示了这个国家高程度的城市发展。

我的大学：
从小镇生活体验城市化

我读大学时生活的城市坐落在俄亥俄州的东南部，被俄亥俄河环绕，与西弗吉尼亚州一桥之隔，是个地地道道的中西部小城。小城位置相当偏僻，到俄亥俄州三个较大城市（哥伦布、克利夫兰、辛辛那提）平均三四个小时的车程，与附近相连的小城也有近一小时的车程。之所以叫它小城，并不是谦虚。开车在城中穿行，二十分钟即可将城中的一切尽收眼底。小城的中心街区不过四五条小街，

悟解美国
——一个留学生眼中的美国规则

美国小镇

走路二三十分钟便可基本游览一圈。在这里学习的中国学生给它起了个"玛村"的别号,倒显得极为贴切。小城的人口为一万四千人,人均年收入两万美元出头,在经济情况仅位居全美中游水平的俄亥俄地区尚属中等偏下。城中沿河两岸错落有致地排列着各式各样的别墅,它们从建设至今,少则三四十年,多则近百年,装修也基本保持了旧时的风格。每每有客到访,吱呀作响的木质楼梯,坚固但明显老旧的大门,以及略带些霉味房间,已将这些建筑的历史暴露给了来访者。全城仅有的两三栋高楼也不过五六层。城中不见招手即停的出租车,也没有人满为患的公交车。不算宽阔的道路上,平日里也不曾有多少车辆驶过,更无从提起堵车与否。小城里即便白天也极其安静,除了

大学城和小镇生活：
感受美国城市化

运动和外出遛狗的人，街上很少有行人出没。夜里就更是安静得出奇，有时公路甚至会被鹿群所霸占。小城仅有的三四家酒吧一样的设施，基本上是全城夜间娱乐活动的主要场所。绝大部分的店铺在五六点过后便关门歇业。城里的人十分和蔼，即使陌生人也会彼此微笑，点头致意。由于城市小，人员基本固定，在路上遇见多了，也变成了熟人。在这里居住大可不必锁门，一年也不会有一两起治安事件。城中最大的雇主便是我所就读的学校，似乎也没有支撑经济的工业存在。然而令人意想不到的是，一个如此偏远的小镇，各种设施虽然有些年头，老旧却并不失修，样样俱全，完全可以满足一个人基本的生活需求。

城中街道虽然并不宽阔，但却是干干净净，车辆行人井然有序。城内虽无高档商店，但是日常所需却是样样俱全，沃尔玛等大型连锁超市提供的商品与其他地方无异。餐馆的食品从品质到种类都还不错，环境也十分洁净。在这样一个小城，我们也不愁没有网络覆

被俄亥俄河环绕的小镇

悟解美国
——一个留学生眼中的美国规则

美国小镇

盖,它是与国内家人朋友联系的重要工具。城中酒店虽然建筑老旧,但是设施一应俱全,且与大城市的一般酒店并无太多区别。小城的医疗条件之好更是让我惊奇,大学期间的一次意外受伤让我第一次感受到了这个小城医院的良好设施。本人虽然没有任何专业背景可以对其进行评估,但这里先进的设备,干净卫生的就医环境,以及专业负责的医护人员都远超我对一个偏僻小城医院的预期。

  简而言之,小城的生活虽然在精神和娱乐层面不可与大城市同日而语,但其衣食住行以医疗等基本生活条件并不会让一个大城市来的人难以生存,更不会让人产生从天堂到地狱的差距感。我有这样的感受并非因我来自异国,与身边的美国朋友探讨,他们亦有相同的答案。小城确实有小城的局限性,工作机会有限、视野狭窄,但这里舒适安逸,是居家生活甚至是养老的首选之所。想来这也是为什么美国大城市附近的卫星城市、城区吸引许多人居住的

大学城和小镇生活：
感受美国城市化

缘故。居住在这样的地方，既能不妨碍自己享受大城市提供的高端工作、生活机会，亦可偏安一隅，给自己和家人一个安静舒适的生活环境。而这一切的前提，是卫星城市和城区能够提供与大城市无异的基本生活条件。

  城市化建设不是某几个城市的重点突出，而是总体平均水平的明显提升。短时间内打造一两个国际化大都市不难，难的是让其他小城都具备城市生活的标准，这样的转变则可能需要几十年甚至上百年的时间。城市化的计算标准是按照城市人口占全国人口的比重来测算。而这样的计算方式在一定程度上反映了国家城市发展广度的同时，却会忽略了城市平均发展的程度和深度。

小镇街景

悟解美国
—— 一个留学生眼中的美国规则

美国大学城：
隐藏在乡间的经济发动机

在美国高速路上驶过，经常能看到几座小城，三三两两地分布在路的周边。别看这些小城名不见经传，许多美国知名大学都坐落在这些小镇里，甚至因此有了大学城这样的称号。这些大学城也是让美国小城镇经济如此繁荣发展的重要原因之一。

美国大学城与我国目前绝大部分大学城有些差异。国内的大学城大多以单校或多校的形式建在相对偏远的郊区或二三线城市，以建立专属特大型教学园区的形式来满足大学扩张的需求和发展城市的需要。美国的大学城并非采用这个形式。美国的大学城，是因大学而设城，而非因城而设大学。布雷克·古普蕾西特先生在《美国大学城》一书中，总结前人的学术论点和自身研究的结果认为，美国之所以出现如此星罗棋布和独具风格的城式大学，原因大约有四：第一，美国的城市化进程与大学进程并不是像欧洲那样先有城市后有大学，而是在许多地方城市化之前便有了学校[150]。很多城市是因为学校的逐步发展和扩张而兴起，并成为学校运营的后勤供给站，而学校也成为这个小城的经济发展源泉。而在欧洲，由于城市发展较早，所以自然在选址时选择学者、学生聚拢较多的城市[151]。第二

大学城和小镇生活：
感受美国城市化

个原因，是美国地理、政治和宗教背景。由于城市化发展较晚，且美国国土广阔，加之美国初建之时多以州为行政主体，所以各州都在本地区设立高等学府，以满足不同地区学生的需要[152]。第三个原因，许多美国早期大学的设立者相信在城市里设立大学不利于学校与学生的发展[153]。乡村地区安静、平和的环境，才是做学问必要的氛围，而不是城市浮夸的气息。第四点，也是布雷克认为最重要的原因，在早期美国城镇的建设者心中，高等学府在城市发展过程中起到至关重要的作用。他们甚至认为一个城镇如果没有一所大学，那么这个社区是不完整的[154]。

由于这些独有因素的相互作用，造就了美国独一无二的大学城现象。大学成为了这些偏远小镇的主体和经济支柱，小镇亦成为大学的保障和支持。别看这些小城地处乡下，却充满了生机和活力。城中楼宇虽不高大，经济却十分繁荣、稳定。总结美国大学城的特点有以下几点：首先，居住在大学城的人群相对年轻，年龄多集中在18～24岁之间。其次，居住人群的平均受教育水平较高。生活在这里的人除学生外，多为教职员工或研究人员。再有，居民的就业领域多集中于知识产业，而制造业和工业的就业人口相对较少。同时，大学城的居民流动性较大。学生多以四年为一轮换周期，教职人员和科研人员也时常因其工作变动而迁移。最关键的是大学城与其他城市相比有更低的失业率，居民则有更高的收入。这一现象在经济危机期间尤为凸显。根据2009年的数据，西弗吉尼亚大学的所在地摩根城，是全美失业率最低的城市之一，仅为3.9%[155]。而全美六个失

悟解美国
—— 一个留学生眼中的美国规则

小镇生活

大学城和小镇生活：
感受美国城市化

业率在 4% 以下的城市中，有三个是大学城，且多个大学城的失业率也远低于全美 8.5% 的平均水平[156]。很难想象这些不知名的小城，居然成为了经济危机中的避风港。

各大学的研究机构存在是这一逆于大势现象的主要原因。这些机构本身就拥有数量相当可观的职位供居民选择，其中既有需要高学历和高专业性的岗位，也囊括了许多相对劳动密集型的岗位，从多个层面解决了就业问题。然而，这些机构的作用远不仅仅局限于自身的贡献。由于诸多大学在研究领域的领先，其研究机构往往是新技术的发源地。而这也吸引了大量相关企业在大学城里安营扎寨，开辟自己的新天地。事实上，这些大学城已经成为其所驻大学擅长科目的研发基地。这里不仅有相对低廉的房屋和服务成本，同时拥有大批相对高素质的员工，让这些企业可以轻易用相对低廉的成本找到最合适的人选。所以学校不仅在整个地区的经济中起到非常大的作用，它所造成的光晕效应更能使整个地区的经济结构得以改变。密歇根大学的所在地安娜堡便是一个很典型的例子。谁能想到在以汽车工业和重工业著称的密歇根州，竟然有一小块高科技公司聚集的净土，而这已成为安娜堡的一个特点。如今的安娜堡每年可提供 15000 个相关行业的职位，大约有 300 个软件公司在安娜堡驻扎[157]。而之前所提到的西弗吉尼亚大学与其所属的医院，每年提供大约 12500 个岗位，对整个州的经济连带贡献超过 39 亿美元[158]。第二个导致大学城经济情况强于其他大城市的原因，是以大学为城的理念使地区的主要经济行为都围绕着辅助学校展开。学校的招生与扩张虽然在一定程度上受到经济危机的冲击，但这样的冲击与其他行业比起来相对较小。相反，经济越是不好，就会有越多的人选择留在学校继续深造。同时绝大部分的美国大学依靠的是校友捐款和基金运作维持学校的扩张[159]。所以，经济危机对学校的影响相对较小，因此依附于学校的企业受到的冲击也相对较小。

综合大学城的种种优势，我们不难发现，这里有相对低廉的房价，完善的生活设施，相对高薪的职位，以及宁静和安逸的生活环境。同时大学城多元的文化气息，独有的艺术氛围，活跃的政治见解，多姿多彩的大学生活，也让很多人慕名而来。大学在城镇中的作用，一方面通过政府对大学的投资和学校自己扩张，改善了小镇的容貌和基础设施。另一更重要的方面，大学的存在也改变了小镇的总体结构，使生活在这里的居民不再只是单纯从事农业、工业为主的人群，而融入了具有高学历、高收入的精英人群。这样的改变也促使着小镇向城市的生活标准逐步靠拢，以满足这里居民的日常所需。大量被大学城特色所吸引的年轻人在这里驻扎，使小镇也变得更加生机勃勃，充满朝气。而他们的加入又推动了小镇的发展，从而吸引更多的人来此打拼，形成了一个良性的循环。

无论是小城镇还是大学城，都向我们展现了美国作为高度城市化国家所呈现的表象。虽然美国发展至此，在很大程度上源自于它发展初期具有的独特性，但这并不妨碍我们将他们的成果作为我们努力的方向。改革开放的几十年，确实有不少令我们骄傲的辉煌都市拔地而起，但这也

大学城和小镇生活：
感受美国城市化

造成了我们畸形的城市化发展现状。而这样畸形的城市化进程也解释了为何部分城市过于拥挤不堪，却仍然吸引着摩肩接踵的人群。而这仅有的几座城市也绝不能作为我们与其他国家城市化进程比肩的例证。美国的城市化水平不仅范围广且程度深，这是经过几百年的时间慢慢孕育而成的，而不是仅凭一朝一夕的跨越式发展一蹴而就的。楼宇可以顷刻间盖起，商场可以顷刻间开立，公园可以顷刻间建成，但一个地区的经济、文化需求的改变，绝非几道政令能够满足。一味的追求跨越式发展，最终会造成严重的脱节，致使建设停滞不前，配套设施无法跟进。单纯的数字并不能反映一个国家全部的城市化水平。而真正体现一个国家城市化进程的也并不只是巨型的都市，而是那些星罗棋布的小城镇。它们才是促进城市化进程的核心和动力。

传达民意的双刃剑：
利益集团和说客公司
——政治机器的润滑剂

传达民意的双刃剑：利益集团和说客公司
政治机器的润滑剂

如果让我选择美国最吸引我的城市，那一定是华盛顿。不同于其他大都市，这里没有高耸华丽的摩天大楼，没有浓厚而浮躁的商业气息，巍峨的华盛顿方尖碑与相隔不远的林肯纪念堂、杰弗逊纪念堂等建筑一起，注视着美国从无到有，从弱变强的历史变迁。漫步于国会山到林肯纪念堂的林荫道上，安静而宽阔的街道载着熙熙攘攘的游人，大气恢弘而又历史悠久的古典建筑彰显着这个城市的沉稳和庄重。对于一个学习政治学的人来说，华盛顿的魅力不仅仅在于它所代表的历史。每一个看似古朴的建筑都大有来头。这里坐落着决定美国命运乃至世界走向的政治机构群。目光所瞩，且不说久负盛名的国会山和白宫，与其相邻不远的财政部、国家安全事务委

华盛顿街景：国会山

悟解美国
一个留学生眼中的美国规则

华盛顿街景：林肯纪念堂

员会和外交部，每一个都是最高权力的象征。每天从这些机构发出的政令和决策数以百计，其影响早已超出了这座城市和这个国家的范围。如果说这些机构打一个喷嚏，世界都会跟着感冒也并不过分。在我们热情洋溢地参观航空博物馆时，一台巨大的政治机器正在不停地运转；在我们沉浸于浏览美国的历史时，新的历史正在这些建筑内继续书写。

在这个政治中心的两个街区以外便是K街。这个名字对很多人来说非常陌生，即便曾经来过也似乎没有什么特点供人回忆和记录。自外观上看，这不过是一条普通的街道，与绝大部分城市的街道没有什么不同，与华尔街这样举世瞩目、热闹非凡的街道相比，也并无新奇之处。但是这条街的影响力绝不亚于华尔街。这里便是众多利益集团和说客公司安营扎寨的大本营。这些公司可能名不见经传，

传达民意的双刃剑：利益集团和说客公司
政治机器的润滑剂

却有能力左右议员的投票，官员的政策草案，甚至总统的仕途。对这些机构的存在，各方评论不一。支持者认为，这是上疏民意的一种方法，是实现民为主的最佳途径。每个人都有自己想保护的利益，一个人的力量固然渺小，但当持有相同利益的人集合在一起时，所形成的合力是让任何人都不能小觑的。即使是在权力之巅的高层人物，也不能忽视这样的力量。因为这些人掌握着华盛顿政客们最需要和最关键的两样东西，选票和资金。而说客公司在其中则扮演着牵线搭桥的角色，使政治家得到他需要的支持，也让客户得到他们需要保护的权益。反对者则认为这是变相的行贿，是为了少部分人的利益而操纵国家的恶劣行径。不是每个人都有能力去雇佣游说公司，也不是每个利益集团都有同样的力量,去让这些高高在上的大人物俯首帖耳。长此以往，只有那些有势力、有财力的利益集团的呼声能被听到，并得到他们想要的政策。而那些没有被听到的声音则会慢慢逝去，成为这个庞大机器的牺牲品。

一切政策的幕后推手：
那些隐藏在聚光灯背后的游说公司和利益集团

利益集团，顾名思义，是以相同的权益和利益维系在一起的民间组织，目的是通过团结和联合需要保护相同权益或者有相同诉求的人，让自己的主张得到政策上或政治

悟解美国
一个留学生眼中的美国规则

华盛顿街景：国会山

上的支持和保护。利益集团这个词汇对我们来说十分陌生，但它其实遍布世界的每一个国家和角落。我们每个人都根据自身情况从属于某个集体中，比如学生、老师、工人、农民。这些相同的身份很容易产生共同的利益和权益。唯一的不同在于美国将这样的一种组织形式进行了规范化和正式化，使其正式成为左右政策的重要力量。而这样的利益集团并不是华盛顿的特产。由于美国是联邦制度，遍布全美的每个州、每个城市都有自己的利益集团和说客公司，为了自己或客户在当地的利益进行影响和游说。面对庞大的国家系统，一个人的声音，一个人的投票，其实并不能左右一个政策的走向。即使政治机器希望停下脚步，聆听这些微弱的声音，也会因为周遭复杂的环境，而将这微弱的呼喊淹没在背景声音中。但是，当民众集合在一起时所产生的影响是成倍增加的。作为民选官员，民众的支持是维持其政治生命的关键。当代表着数以万计民众利益集团

传达民意的双刃剑:利益集团和说客公司
政治机器的润滑剂

华盛顿街景:国会山

与政客交涉,任何政客都需要三思而后行。

许多势力强大的利益集团,自身就是很好的说客公司,与政客们保持着非常好的关系。由于其在选举中可以扮演至关重要的角色,这些利益集团甚至可以反客为主,成为政客们希望结交的对象。政客需要寻求这些组织的支持,才能安稳地赢得竞选。美国步枪协会便是其中非常典型的代表之一。成立于1871年的美国步枪协会,已经在百余年的时光中,成为了捍卫美国人民合法拥有枪支权利的重要政治力量。据不完全统计,直至2011年美国步枪协会已有大约四百万正式会员,掌握着每年三亿美元的预算。这个组织代表着全美大约一亿枪支持有者[160]。步枪协会的会员不仅数目庞大,且都积极参与到争取自身权益的斗争中。克林顿总统的发言人乔治·斯特凡诺普洛斯曾感慨:"因为积极地通过各种方式联系议员,并为支持他们权益的议员投票,美国步枪协会总能够得到他们想要的政策。"[161] 不仅如此,步枪协会还不时运用电视广告、网络传媒等方式,向支持持有枪支的国民进行宣传和动员,标出那些反对枪支政策的竞选者,煽动支持者投下明智的一票。如此强大的动员力和如此庞大的票仓是这个组织影响力的源泉。这

悟解美国
一个留学生眼中的美国规则

也成为枪支管理政策在美国步履维艰的原因之一。利益集团影响的不仅仅是国内政策,也同样影响国际政策。美国以色列公共事务委员会便是实力雄厚的利益集团之一。米尔斯海默在其关于以色列利益集团的著作中明确指出,美国之所以如此坚定不移的支持以色列的内外政策,一定程度上是由于以色列公共事务委员会卓越的活动能力。[162] 即使美国的以色列的支持未必有利于美以双方的利益,但由于利益集团力量的强大,这一政策依旧延续至今。[163]

然而,并不是所有的利益集团都具有如此强大的活动能力。有些利益集团为了保护自己的权益值得聘请说客公司为他们游说政客们。说客公司是政客们与利益集团的桥梁。通过说客公司的牵线搭桥,其客户可以获得想要的政策支持,而政客们亦能得到所需的竞选资金和选票。正如利益集团在各地区的广泛存在一样,游说公司也遍布全美各个政治中心,在不同级别的众议院、参议院都存在着以游说政客为生的公司。

就美国国会而言,根据政治反应中心的统计,2011年注册的说客公司有12714家,靠游说募集来的资金多达33.3亿美元[164]。个人、企业、组织,甚至外国政府都可以雇佣说客公司,为自己的特定政策进行游

华盛顿街景:国会山

传达民意的双刃剑：利益集团和说客公司
政治机器的润滑剂

说和劝说。虽然说客公司的客户中不乏富甲一方的个人或财团，但这些人仅凭自己的力量却则很难得到自己想要的结果。说客公司则可以为其客户打通关节，将他们的诉求送至那些最为关键的政客们耳中，从而事半功倍。没有说客公司的帮助，个人或集团即便拥有可观的资金，依然不能保证自己的诉求被议员们知会。想要在435位众议员和100位参议员中找到那些可以帮到自己的议员谈何容易。更何况与自己意见相左的阵营亦会寻找有力的政治支持。所以说客公司便成了这些个人和集团必不可少的重要帮手。这些游说公司很多凭借与德高望众、党内地位很高的重量级众议员和参议员的私人关系，使客户的需求直接传给能够直接影响到结果的人。这些重量级议员虽然也只有一票可投，却可以通过自己在国会山的影响力和势力，获得其他议员的支持。虽然学术界始终对金钱换取政策这一看似十分明显的关系抱有质疑，但没有人否认，说客和利益集团的确将议员们的视线集中到了特定议题上，或起码从利益集团不愿意看到的议题中移开。

综上所述，利益集团和说客公司的出现并非偶然，是美国民主系统产生的附带产品。作为民选官员，赢得选举是继续其政治生命的唯一途径。而赢得选举的必要工具：一是民众的支持，因为他们的投票，是最终决定胜负的标准。二是足够的助选资金，使自己的宣传和政策观点家喻户晓。长期以来，国会议员一直处在一个非常尴尬的境地。国会议员的政治前途是由自己所代表的选区选民决定的。但他们却不得不长期工作、生活在远离自己选区的华盛顿。同时，议员们工作的重心多集中在国家政策上，许多也并不惠及自己所代表的地区。所以，他们需要利益集团这样的代理人，帮他们把握民意的走向。作为一个以农业为主的地区的议员，解决本地农民最关心的问题，一定是他继续坐稳席位的最佳方法。另一个方面，利益集团的存在也可以让政客们更早的了解到现时存在的问题。即使政府的机构再庞大，也不可能面面俱到。许多问题只有在严重到一定程度时才会引起政府的关注。而利益集团所提供的信息，可以让政客们更早地意识到问题的存在，从而使问题在严重前得到妥善的解决。除了民意，竞选资金同样是赢得选举的关键。电视等传播媒体的诞生，在方便了与选民沟通的同时，也使竞选所需的费用大幅增加。宣传攻势在选举中起到了至关重要的作用，获得宣传攻势的最佳方法，便是拥有大量的资金去支付广告、宣传片、传单等物品。根据2008年大选的统计显示，93%赢得众议员席位和94%赢得参议员席位的竞选者，在选举上投入的金额，都多于其竞争者[165]。而获胜者平均的选战开支，众议员为一百四十万美金，参议员为六百五十万美金[166]。而2012年的总统大选，竞选双方所募集的资金更是高达十亿美元[167]。由此可见竞选资金已经成为了赢得选举必不可少的工具。利益集团以及说客公司客户带来的政治献金，是解决这一问题最简单和便捷的方法。毫不夸张地说，利益集团和说客公司，是华盛顿这台巨大政治机器维持正常运行，所必不可少的润滑剂。

传达民意的双刃剑：利益集团和说客公司
政治机器的润滑剂

政策推动双刃剑：
利益集团也能为民服务

将利益集团称之为润滑剂，除了其与民主系统的共生性外，还由于这些机构在推进公共政策上起到的决定性作用。除了之前提到过的美国步枪协会和美国以色列公共事务委员会外，许许多多的美国内政外交的推进，或多或少的都是在不同利益集团的配合下完成的。这其中也不乏利国利民的好政策。

1982年的烟草税改革，便是其中一个非常经典的案例。二十世纪八十年代，两篇关于成年人和青少年对香烟的依赖和烟草价格变化的文章发表在了学术期刊上。文章的作者莱维特、科特以及格鲁斯曼，通过研究发现青少年吸烟者受价格变化影响较大。烟草价格的提升会大大减少青少年对烟草的消费。[168]因此，他们建议政府可以通过提高消费税的方式，增加购买的成本，以迫使民众，尤其是年轻人远离烟草的危害。但是，谁也不曾想到，就是这两篇本是纯粹学术探讨的文章，竟然开启了冰封30年之久的美国烟草税改革法案。自1951年国会通过立法对每包烟草加收8美分的消费税以来，税收的比例一直维持在这个水平，从未调整。[169]到了1982年，购买一包香烟所需的消费税，经过物价的调整仅仅是2.5美分[170]。由于美国政客观念上对增加赋税的反感和对自由市场的坚持，使任何增加赋税

159

的法案都步履维艰。这一定局终于在1982年被打破。这一次与美国烟草大亨们同台竞技的是由三个人数众多的利益集团构成的战略同盟。这三个利益集团分别是美国抗癌症社区组织、美国抗心脏病社区组织会和美国抗肺病联合会。在此之前，由于许多医疗和健康专家对政治系统相对比较陌生，天真地认为重大的学术发现本身就有足够的力量去改变政策的现状。他们在文章发表后，便会偃旗息鼓继续埋头他们的研究。而这些重要学术成果，却淹没在了政客们办公桌上厚厚的文件堆中，再也无人提及。这三个利益集团的介入，才正式将与烟草行业抗争的战役发展成了一场势均力敌的政治博弈。莱维特和科特那篇学术文章在这些行家里手里摇身一变竟成了游说议员的有利证据。利益集团还通过他们在国会山的影响，史无前例地向参众两院主管税务的委员会，游说向烟草加税的议案。[171] 这三个利益集团本就坐拥众多成员，且具有丰富的政治博弈经验。由于他们精准的将问题的核心放在青少年健康问题上，反对的政客寥寥无几。任何政客也不愿顶着烟草公司傀儡和美国青少年杀手的帽子参加下一任选举。迫于压力，终于在1982年的夏天，国会通过了在每包香烟上，加收16美分税收的法案[172]。

传达民意的双刃剑：利益集团和说客公司
政治机器的润滑剂

买下整个华盛顿的男人：
超级说客玩转美国政治

的确，利益集团、游说公司在政策的推动上有着不可替代的力量和作用，从一定程度上说，他们就代表了民意、代表了社会的呼声。但是，这样的设计也势必带来一此问题，即一部分人可以通过手中的资金改变国家的政策。从另一个角度看，这也成了一种公开的行贿。以选票和资金换取相应的政策支持，即便在法律的要求下定期公开，也不能回避其权钱交易的本质。提到这样的权钱交易，不能不提到的便是名噪一时，被《纽约时报》冠以"买下整个华盛顿的人"的超级说客杰克·阿布拉莫夫。

杰克·阿布拉莫夫的大名，直到2006年其锒铛入狱，才逐渐被大众知晓，

"超级说客"阿布拉莫夫到法院认罪

他在国会山的关系网以及他在政治圈中可怕的影响力,可谓天方夜谭。很难想象一个人有如此大的能量,让这个国家的政治机器为其一人而转。时间倒回1994年,共和党在大选中以压倒优势,获得1954年以来第一次共和党在众议院的多数党地位。这次重大政治变化不仅改变了美国政治,同时也改变了杰克·阿布拉莫夫之后的一生。杰克·阿布拉莫夫青年时,作为大学共和党联盟主席,在此期间,与共和党的议员及重要人士建立并保持联系。[173]杰克·阿布拉莫夫来到了华盛顿后,便开始了自己的说客生涯[174]。从1994年开始,到2006年因在印第安赌场游说案中的不当行为,被判入狱六年。杰克·阿布拉莫夫从一个名不见经传的前电影制作者,逐渐成为了华盛顿最有权势的说客。由于他和后来的多数党领袖汤姆·迪莱及其身边工作人员的密切关系,以及他可以游说到极为可观的政治献金的超强能力,使他在华盛顿共和党政治圈中游刃有余,甚至成为了布什总统的座上宾。正是这样的关系,使他的游说生意如火如荼,一跃成为了华盛顿政界的明星。

杰克·阿布拉莫夫的名声鹊起,要从塞班和北马里亚纳群岛游说一役说起。塞班和北马里亚纳群岛,位于西太平洋地区,是美国的附属岛屿。虽然隶属美国,但为发展地方原本薄弱的经济,北马里亚纳群岛一直以来拥有独立的移民政策和最低收入标准。 除了能够让游客享受相对宽松的签证政策和低廉的旅游成本,这两个政策的关键,是让这个群岛可以用亚洲劳动力市场的价格,生产印有"made in U.S.A"的产品,并从中获取高额利润。正是这两个政

传达民意的双刃剑：利益集团和说客公司
政治机器的润滑剂

众议院多数党领袖汤姆·迪莱

策，使移民局等监管机构无权插手这里的事物，形成了权力真空。这里成为了新的奴隶工厂，数以千计的亚洲工人，从各地涌到马里亚纳群岛工作。甚至还有很多人，被欺骗到这里被迫无偿做工，以付清旅行来的债务。这些工人每天不仅要工作18个小时，且每小时的仅有一美元的低廉报酬。[175] 更有甚者，几年的劳动最终颗粒无收。有工人竟然愿卖肾赚取回家的路费以逃离这个魔窟。[176] 了解这一情况后，有议员希望能将美国的移民法和最低工资法延伸到这些群岛，改善这里工人的待遇。这对这些血汗工厂和当地经济都是巨大的打击。为避免这一结果，受到牵连的公司和北马里亚纳政府都以重金聘请杰克和他的公司为其游说。受到牵连的公司支付的金额高达六十五万美元，而北马里亚纳政府更是以月薪十万美元的价格聘用杰克为其效力。[177] 需要

悟解美国
一个留学生眼中的美国规则

受阿布拉莫夫牵连的另一位国会议员鲍勃·奈

说明的是,这些资金仅仅是雇佣费用而不是全部支出,其他直接或间接以竞选资金的方式投给议员们的代价尚不包括在内。而那些政治贿金与付给游说公司的费用相比可谓九牛一毛。作为说客的杰克,非常聪明地转换了问题的视角,将马里亚纳群岛的问题从人权转向了自由市场[178]。国会议员,尤其是共和党议员,绝大部分都是支持自由市场的,所以自然不会同意加强政府在马里亚纳群岛管理力度的决议。为了加深国会议员的印象,杰克先后邀请了150位议员和幕僚,来马里亚纳调查研究。调研的重点却并不是这些奴隶工厂,而是岛上的五星级酒店和高尔夫球场地[179]。议员们在工厂简单地驻足后,便开始了高尔夫、鸡尾酒之旅[180]。然后,在离开之前,议员们还会收到杰克与岛内工厂主们送来的临别礼物——政治献金。当时任众议院多数党领袖汤姆·迪莱踏上马里亚纳群岛时,这场政治游戏的

传达民意的双刃剑：利益集团和说客公司
政治机器的润滑剂

高潮开始了。在经过"细致"地走访后，汤姆·迪莱带着大笔的政治献金回到了华盛顿，并通过自己党内的地位，将关于北马里亚纳群岛议案扼杀在了萌芽状态。议案甚至还未进行投票便消逝在了大家的视线里[181]。有意思的是，杰克的政治手腕不仅在华盛顿游刃有余，更可以操控北马里亚纳的政局。换届选举产生的新州长，一度终止了与杰克的合同。被砍了摇钱树的杰克没有善罢甘休，他动用汤姆·迪莱身边的高参，前往北马里亚纳通过政治手腕和投资项目，换取了该州议员的支持，并顺利地更换了州长。[182]新任州长上任伊始，便和杰克延续了合同[183]。自此，拥有汤姆·迪莱的政治力量，并不断地用政治献金交换政治权力，使杰克成为华盛顿最炙手可热的说客之一。

如果说北马里亚纳还是小试牛刀，那么杰克与印第安部落的完美结合则将他推上了一个全新的高度。为了支援美国印第安部落的经济建设，法律特许印第安部落开设赌场，并用每年从赌场获取的千万美元利润维持印第安原住民的生活和发展。然而，巨额的利益除了带来可观的收入也带来了无穷无尽的烦恼。赌博在许多人看来是有违

营业中的印第安赌场

道德标准的买卖，并认为此举有过分偏袒印第安部落之嫌，对这些赌场加大税收力度甚至让他们关门大吉的声音在国会山上络绎不绝。同时印第安部落间也存在着竞争关系，拥有当地赌场的部落希望没有竞争者在其周围活动，掠夺他的生意。而外地的部落则时时寻找机会开发新的地盘。即存在纷争，就需要有人能够在政治中心为他们上下疏通。对于诸多发展落后的印第安部落来说，赌场是整个部落经济来源的重要支柱。他们需要像杰克这样的人，在华盛顿为他们打通一切关卡。这对于印第安部落来说是一个稳赚不赔的买卖，每年百万甚至千万的游说费用，可换取的是近亿元的联邦政策、资金等辅助[184]。对于杰克来说，印第安赌场可是一个巨大的摇钱树，不仅能给他本人带来无尽的财富，更由于他们并非纯粹意义上的企业且收入颇丰，可以给政客们提供百万计的政治献金。事实上，杰克代理的四个印第安部落每月给他提供的佣金高达七十二万美元，而杰克所加入公司年利润也因他的吸金有道如火箭般直上云霄，迅速从2001年杰克到来之前的三百万美元跳至2001年的一千六百万美元，和2003年的两千五百万美元。[185] 印第安部落为了达到目的，不仅支付游说公司高额的代理费用，同时还要向与杰克站在同一战线的议员、智库和各类机构支付百十万的政治献金，让他们发动群众和幕僚为赌场摇旗呐喊[186]。

当然，不菲的价格换来的是令人满意的结果。杰克·艾布拉姆让这些原本与华盛顿渊源甚浅的部落酋长，在这个极其看重等级和门第的城市享受到了如主人翁般的礼遇。

传达民意的双刃剑：利益集团和说客公司
政治机器的润滑剂

在杰克的安排下，这些酋长竟然能做客白宫、国会，与总统和其他共和党重量级人物会见、合影[187]。杰克也不遗余力地彰显其强大的政治背景，使部落领袖们相信他就是进入这座城市的金钥匙。杰克时常不经意地把自己与汤姆德雷等要员极其亲密的关系透露给这些领袖，炫耀他们如何经常在一起打高尔夫和跨国旅行[188]。他也经常提及自己与布什总统的交情，及布什曾主动向他征求关于内阁名单的意见，并接受了他推荐的内政部长人选的轶闻[189]。政治圈本就是一个极度排外的内部团体，局外人窥探一二都难上加难，更不用提融入其中。杰克的存在，让曾经不可一世的政治圈似乎就在股掌之中，从此唯你是从。没有他的牵线搭桥，恐怕即便有再多的金钱也未必能轻易敲开国会山的大门，更别说可与这些百忙的大人物相谈甚欢。支付极其昂贵的费用换取自己所求的兑现，杰克是这里实现一切愿望的阿拉丁神灯。不久，随着业绩的增加，杰克的大名逐渐在印第安部落圈中家喻户晓，成了大家竞相聘请的行家。不仅仅是华盛顿政治圈，杰克在共和党内的威望让他在德州等南部保守州也十分吃香，足够他上天入地、呼风唤雨。无论对手是州长还是议员，也无论对手的态度有多强硬和坚决，杰克都会想尽一切办法满足客户的要求。上至开设新的赌场，扩张地盘，下至减免税收，打压对手，杰克总能通过各种方式寻找可能的突破口。

国会增税案例堪称其中经典。美国国会曾希望通过决议向印第安赌场增加30%的税收，以缓解政府赤字情况。最头疼的是，杰克的靠山汤姆·迪莱一直就非常反感赌业发展，所以也非常支持这一决议[190]。正当印第安酋长们不看好事态的发展时，狡猾的杰克巧妙地将反对这一法案的原因从支持赌博更换成了反对加税[191]。这一看似微不足道的变动却恰好使汤姆德雷及其他共和党大佬回心转意，并通过他的力量阻止了增税法案的通过。原来作为共和党人的汤姆德雷同样反对政府增加税收，而杰克的观点使他相信单独加重印第安人的税收负担是不公平的也是不正确的[192]。当然，除了三寸不烂之舌，诱人的政治贿金也在这其中起到了决定性的作用。另一个经典案例发生在路易斯安纳州。时任路易斯安纳州的共和党州长一直反感赌场买卖，曾动议拒绝杰克的客户更新赌场拍照的要求，并信誓旦旦地保证在其任内绝无可能[193]。而杰克为了让其客户如愿以偿，发动四千个与该赌场有往来的企业和个人，其中不乏当地权贵，甚至是州长的密友和政治献金捐助人，密集致电、致信州长办公室，痛陈赌场对当地经济的支持和辅助[194]。迫于无奈的州长只得更新了该赌场的牌照。但州长并没有善罢甘休，决定以毒攻毒，在该赌场附近再开一家由敌对印第安部落经营的赌场使其倒闭[195]。为了阻止竞争对手染指这一地区，杰克竟摇身一变成了反赌博联盟的发起人，通过媒体的帮助团结当地民众反对赌场的扩张[196]。数千受到反赌博联盟号召的民众，通过邮件和电话的方式轰炸州长办公室，迫使他将这一计划移交给内政部解决[197]。游戏进入华盛顿，便成了杰克的主场。杰克通过其在国会山的关系，抓住计划中向印第安部落征税的漏洞，让在该地区增设一家赌场的议案胎死腹中[198]。

传达民意的双刃剑：利益集团和说客公司
政治机器的润滑剂

阿布拉莫夫的高档餐厅

从支持赌博到反对赌博，杰克的信仰似乎随时在变化。而这样一个左右互搏，竟使杰克和他的朋友们又多了几百万的收入。那些口口声声用道德和宗教作为借口，在讲台上大谈赌博之祸的翩翩君子，其实是在接受了百万赌场佣金后，才站在了所谓的正义一边。据统计，杰克和他的合作伙伴，在短短的几年中，共收取了印第安部落高达近七千万美金的佣金，其中四千余万直接入了杰克和他合伙人的私囊[199]。这些佣金，也让杰克拥有了说客所需要的一切工具，去征服国会山的主人们。他在华盛顿开设的餐厅，是政客们经常栖身的场所。不用买单、不用排队，与杰克熟识的政客们，来到这里吃饭，不仅有美味佳肴，还能得到像皇室般尊贵的礼遇[200]。杰克每年花重金包下橄榄球、棒球等热门体育赛事最贵的VIP包厢，招待政客们享受顶级生活[201]。与议员的环球高尔夫之旅，也成为了杰克社交的重要工具。总而言之,杰克·阿布拉莫夫在华盛顿呼风唤雨。正如他曾经的合作伙伴在会议中说的:"我们的能力不一定能保证每件事情都成功,但我们能保证让我们的对手都失败!"[202]

树大招风,杰克的成功在给他带来无数机会的同时,也给他招来了无数的敌人。当他的所作所为被其他说客公司透露到《华盛顿邮报》时,曾经疯狂的杰克时代,基本进入尾声。在经过麦凯恩等重量级议员多次公开问询后,始终保持沉默的杰克·阿布拉莫夫,最终被判刑六年。曾经不可一世、呼风唤雨的超级说客,成为了众人皆知的阶下囚。汤姆·迪莱等议员也悉数离职。当大家正为伸张正义拍手叫好时,殊不知许多高高在上参与问询的议员,其实也都收过杰克提供的政治献金,与麦凯恩关系密切的说客集团,也趁机将这些印第安部落的买卖收归帐下。杰克仅仅是K街的一个代表。也许再过些许年景,又一个像杰克一样的超级说客会脱颖而出,再慢慢成为众矢之的。同样的政治机器,却仍然在不停地运作。其结果必然是更多的相同案例,以不同的方式出现。美国的政治系统也并非我们所想的那样透明和纯洁,庄严洁白的国会山下,一样布满了政治自古以来便有的复杂和肮脏。

利益集团和游说公司的存在,归根到底是这台政治机器正常运作的必需品。用在为民着想的人手里,即便对手是百万吨级的集团寡头,也可以四两拨千斤般赢得胜利,推动造福于民的好政策,使政府不被少数既得利益者控制。用在心怀不轨的人手里,将国家力量赋予在那一小撮人手

传达民意的双刃剑：利益集团和说客公司
政治机器的润滑剂

里，便成了为少数人服务，打着正义旗号愚弄群众的看门狗。政府所能做的，是尽量用法律和制度减少被坏人操作的可能。一个人变坏并不可怕，可怕的是好人最终都变成坏人。没有政治系统是完美的，聪明人总能在里面找到投机倒把的可能。不是每个人都是正义的，总有人会以一己私利不顾一切。一个优秀的政治系统所应具备的，是甄别忠奸和不断自我完善的能力，减少和杜绝被坏人利用的可能。

误解的缘由：
不同的世界，不同的历程

误解的缘由：
不同的世界，不同的历程

留学美国的时间愈久，愈发觉得自己切身体会到的美国与口耳相传、想象中的美国有诸多不同。而我的美国同学亦对中国存在许多误解。在交流如此频繁，信息如此通畅的今天，这样的情况似乎有些不合情理。如果仅笼统的去解释这一现象，其原因再简单不过。我们两个国家分属两大洲，发展程度完全不同，文化氛围也有天壤之别，彼此间产生误解自然在所难免。然而，这样的解释似乎并不令人信服。现实发展和文化氛围上的巨大不同，归根结底是历史、地理、文化、经济等诸多因素的混合产物。这些因素的细微改变，都会促使我们选择截然不同的道路和构建迥异的思维方式。当我们欣喜地来到美国这片热土，管中窥豹，观察到的景象其实是美国独有的历史及文化积淀孕育两百余年的成果。而初来乍到的我们习惯性地将这些独有的产物，通过我们本土文化的世界观和逻辑模式去分析和解释，其结果只能是与其本质相去甚远。正如前文诸多事例所述，美国的发展既有优势，也有不足。许多方面与我们的差异并非想象中的那样巨大，只是因为表现方式和处理方法上的不同，让我们误以为是天壤之别。诚然，不能否认美国有许多值得学习和借鉴的地方，但仿效绝不是简单的拿来主义，否则只会水土不服，种瓜得豆。

悟解美国
一个留学生眼中的美国规则

记得一次西方政治理论课上,教授询问同学对伯克所著《法国大革命反思》的感想,不少美国同学似乎对这样的暴力革命毫无概念,也很难找到合适的例子进行比较。后来慢慢熟悉美国历史,我终于渐渐理解美国同学疑惑不解的原因。在美国两百多年的发展史上,竟从未真正经历过暴力革命推翻政府这样的运动。南北战争虽然伤亡惨重,但并不能视为以重新建立秩序为目的而进行的自下而上颠覆整个政府系统的行为。南北两政府虽然有所分歧,但都继承了同一政治体制的衣钵,故并不存在暴力推翻政权一说。民权运动虽然是一场声势浩大、自下而上改变政策的运动,但也远不能称之为暴力革命。其一是由于暴力程度尚不可与法国大革命相比,其二,运动的目的并非推翻政府,而是在现有系统的基础上进行改良。一个发展了两百多年的国家,竟然从未经历过暴力革命,其政治系统也因此从未被彻底推翻,仅仅通过种种方式进行改良。这种方式恐怕在世界其他诸国的发展史中亦实属罕见。

当"五月花号"大船在1620年将百名远渡大西洋从英国辗转而来的清教徒安全送抵这片新大陆时,恐怕并没有太多人会认为,数百年后的这个国家能够成为世界第一强国。这片土地对于他们来说,更像是远离政治和宗教压迫的避难所和世外桃源。展现在他们面前的这个新大陆,从未得到开发甚至鲜有成熟的文明可言。这好比提供了一张毫无历史痕迹的空白画卷,任新一代移民者书写。纵观其他诸国发展历程,新政治体制的建立往往都是基于某种制度和文明之上进行的改革或改良,并作用于一个已经成

误解的缘由：
不同的世界，不同的历程

乘风破浪的"五月花号"

型的民众集体和体制之上。如此种种历史的痕迹和残留，往往会给予后来的建设者种种束缚和限制，使新建立的系统仍然多多少少受到历史、文化等因素的左右。虽然美国的国父们也都受到英国文化的影响和熏陶，但相较而言，新大陆给美国的国父们一个相对崭新的舞台，设计、发挥和塑造最完美、最合理的政治体制。美国的国父们虽然背景和职业各异，但都是社会中的精英人士。他们所建立的政治体制不仅继承了英国的传统，又得以在其之上进行大刀阔斧的改革，使其独一无二。亨廷顿先生在《变化社会中的政治秩序》一书中曾提到，美国建立的过程是与众不同的[203]。它是唯一一个在建国之初，便考虑如何将政府的权力进行限制和分散，而不是如何将权力集中和扩大的国家[204]。试问又有多少国家有这样的机会，能够在一个从未被文明踏足的土地，沿承百年统治归纳出的精华并摒弃一

悟解美国
——一个留学生眼中的美国规则

杰斐逊等人正在起草《独立宣言》

切糟粕重新再来？

美国的特殊之处，同时也体现在它所处的地域环境。东西两岸皆为大洋，南北虽与他国接壤，但从无对其产生巨大威胁的军事强国，两百多年中从未遭受过外敌入侵。最接近的一次便是二战期间的珍珠港事件。此役虽然使美国太平洋舰队付出了巨大的代价，夏威夷也损失惨重，但毕竟没有殃及内陆，也不能算是真正意义上的外敌入侵。东西两大洋，给美国提供了天然屏障。放至今日，动用现代化的坚船利炮和飞机坦克进行抢滩登陆，尚且费时费力、毫无胜算可言，更不要说两百年前，还是帆船洋枪的年代。侵略者们能经受住海浪波涛的考验，安全抵达目的地就已是万幸，更不要提调动大规模部队与陆上军队拔枪作战。如此安全的地理位置，给美国提供了一个相对祥和、安宁的环境任其发展。任何政治系统在建立之初，总会需要不

误解的缘由:
不同的世界,不同的历程

同程度的修补以逐渐完善。根据亨廷顿先生的理论,国家发展与政治稳定往往呈抛物线形的关系,即当国家经济、政治制度不断变化时,政治不稳定性在初期会逐渐上升,当经济和政治制度到达一定程度并逐渐趋于完善时,政治不稳定性会随之下降。这与政治体制本身无关,而是每个国家都会经历的周期性变化。如果我们相信国家会随着时间的推移或快或慢地逐步完善自身的建设,达到让绝大部分人民满意的程度,那么许多政治系统的完善过程,就如走独木桥一样,跌跌撞撞地勉强维持平衡,假以时日终能到达彼岸。而那些在变革前便瓦解的系统,往往是因为外界因素的介入打破了内部尚可维持的现状,使其最终失去平衡而坠入深渊。而正是这样独立、稳定的外部环境,使美国的民主制度从初创到完善没有经历太多外力的影响,即便在脆弱的时候,也能通过自身的调节慢慢变革。

上述几点仅仅是美国众多不同之处中的三个典型事

马丁·路德·金正在发表演说

例。引述这些众所周知的例子,仅仅是为了说明这个国家在其发展的过程中有太多的独特之处,使其发展成为今天的状况。当我们初来乍到以局外人的身份观察并惊叹于这个国家发展的现状时,却往往忽略了那些背后隐藏的文化和历史原因。现今我们所看到的美国,倡导着不同肤色人种的自由与平等。很难想象在不算久远之前,它曾经是一个黑人与白人不能共同生活,女人不能作为公民进行投票的国度。现在的自由与平等,是通过百年来前赴后继的先行者靠奋斗与反抗,用血泪和生命博来的结果。发展的每一步都是伤痕累累,但这些伤痕会随着时间流逝,慢慢淡去了它的踪影,留下的唯有其深远的影响如血液般作用于每一代人的身上。就正如同儒家思想对我们中国人有潜移默化的影响一样,美国的许多现象亦是由百年的文化、历史积淀发展而来。因此,我们很难通过直接观察到的表象追根溯源。甚至许多事件已被美国人自己所遗忘,但其影响依旧代代相传。

  不仅如此,正因为我们对美国的历史、经济和文化等诸多方面的发展不甚熟悉,当我们与美国第一次亲密接触时,我们会试着用自己的惯用思维去解释种种与我们不同的现象,并试图从中得出一些符合逻辑的结论。殊不知个体本身的天壤之别,注定让我们的种种解释与真相有所区别。费孝通先生在其著作《乡土中国》中,阐述了中西方社会结构和思维上的巨大不同。西方人是团体格局,每个人都是属于团体中的一分子,每个团体都相对固定且拥有界限,以圈定每个人与团体之间的关系。而我们是差序格

误解的缘由：
不同的世界，不同的历程

局，没有明确的规定和界限，是以自身为中心不断扩散且不规则的关系网络，如水中波纹一般一层层地连接。的确，我们与美国之间，无论是社会结构还是思维逻辑，都存在着巨大的差异。这样的差异，影响着我们方方面面的生活。一次实习时我曾偶然帮助翻译了中美两个机构就同一团体和旅程提供的邀请函。从这两份极其简单的邀请函上，就体现出了思维的差异和不同。中方的邀请函相对宏观和客套，着重强调了此次旅程的深远意义和广意上的旅行目的，时间上也并未明确具体日期。而美方的邀请函则短小精悍，将旅程的事件具体到日，简明叙述了此行的目的地和计划，并希望提供明确的拜访目的和所要探讨的明确主题。虽然只是一件小事，却反映了两个文化的巨大差异。

然而，我们两个国家所存在的诸多所谓的不同，并不是非黑即白、非此即彼，只是权重不同而已。美国人虽然更崇尚法律和契约精神，但同样受到道德的约束。他们的确追求公平，提倡机会均等，但并非对靠关系和走后门完全嗤之以鼻。举例来说，美国各大院校尤其是商学院等职业研究生院，对学生的社交圈和背景极为看重，并以拥有极好的社交网络作为自身的金字招牌。申请时有一两封重量级业内人士的推荐信，也会给学生加分不少。回看各界政商要员，虽不是个个如此，但也有许多不是非显既贵的名门之后，便是著名高校或精英组织的成员，他们的成功当然离不开自身的打拼和奋斗，但也与他们背后巨大的光环有着千丝万缕的联系。

虽然美国建国已两百余年，新中国的成立也已有六十

悟解美国
一个留学生眼中的美国规则

余载的光阴,但两国真正开始频繁接触的时间却远没有那么长。从上世纪七十年代打破外交坚冰,中美两国确立外交关系,到上世纪八十年代真正开放过门,两国贸易往来、人文交流日渐繁荣,不过三十余年的光景。当我们开始与美国各阶层亲密接触时,展现在我们面前的已是历经百年沧桑而精心打磨后的成熟美国。其发展历程中的创伤和疤痕,许多已然消去或者不再那样明显。我们看到的美国是一个定格的画面,是经过建设、改良和变化后形成的缩影。短暂的了解与接触,让我们更关注现状而不是成因,更关注蓝图而不是细节。而这些成因和细节也很难从数日的旅途,个把月的短住,甚至几年的学习中得到完整的解读。历史的发生存在一定的必然,也存在着太多的偶然。很多的阴差阳错和无心插柳,将国家推向了发展的今天。顺藤摸瓜地通过历史的线索去追寻源头、一探究竟,需要的不仅仅是知识和时间,更是经验、体会以及对文化的深入了解。

注释

1. "International Student: Leading places of Origin" Open doors data, Institute of International Education
2. 中国留学发展报告
3. Rick Goldsmith. The Most Dangerous Man In America: Daniel Ellsberg and the Pentagon Paper. PBS 2010
4. Daniel Ellsberg, Secrets: A Memoir of Vietnam and The Pentagon Papers, Penguin Books 2002. Page 7-9.
5. Wells, Tom.. Wild Man: The Life and times of Daniel Ellsberg. New York: Palgrave, 2001. 227-235
6. Daniel Ellsberg, Secrets: A Memoir of Vietnam and The Pentagon Papers, Penguin Books 2002. Page 185-186
7. Susan Dudley Gold. The Pentagon Papers: National Security or the Right to Know. New York: Benchmark, 2004. 17-18.
8. Wells, Tom.. Wild Man: The Life and times of Daniel Ellsberg. New York: Palgrave, 2001. 351
9. Wells, Tom.. Wild Man: The Life and times of Daniel Ellsberg. New York: Palgrave, 2001. 413
10. Rudenstine, David. The Day the Presses Stopped: A History of the Pentagon Papers Case. Berkeley, CA: University of California, 1996 page 66-100
11. Wells, Tom.. Wild Man: The Life and times of Daniel Ellsberg. New York: Palgrave, 2001. 420
12. Daniel Ellsberg, Secrets: A Memoir of Vietnam and The Pentagon Papers, Penguin Books 2002. Page 395-396
13. Rudenstine, David. The Day the Presses Stopped: A History of the Pentagon Papers Case. Berkeley, CA: University of California, 1996 page 301
14. Rudenstine, David. The Day the Presses Stopped: A History of the Pentagon Papers Case. Berkeley, CA: University of California, 1996 page 284-289
15. Rudenstine, David. The Day the Presses Stopped: A History of the Pentagon Papers Case. Berkeley, CA: University of California, 1996 page 284-289
16. Rudenstine, David. The Day the Presses Stopped: A History of the Pentagon Papers Case. Berkeley, CA: University of California, 1996 page 289-295
17. Rudenstine, David. The Day the Presses Stopped: A History of the Pentagon Papers Case. Berkeley, CA: University of California, 1996 page 301-322
18. Peter Kornbluh, Bay of Pigs Declassified: The Secret CIA Report on the Invasion of Cuba. National Security Archive. Page 1
19. Trumbull Higgins. The Perfect Failure: Kennedy, Eisenhower, and the

CIA at the Bay of Pigs. New York: Norton, 1987. Page 48-50.
20. Peter Kornbluh, Bay of Pigs Declassified: The Secret CIA Report on the Invasion of Cuba. National Security Archive. Page 30-40
21. Peter Kornbluh, Bay of Pigs Declassified: The Secret CIA Report on the Invasion of Cuba. National Security Archive. Page 95
22. Morris, John G. Get the Picture: A Personal History of Photojournalism. Chicago: University of Chicago, 2002. Page 193.
23. Morris, John G. Get the Picture: A Personal History of Photojournalism. Chicago: University of Chicago, 2002. Page 193.
24. Morris, John G. Get the Picture: A Personal History of Photojournalism. Chicago: University of Chicago, 2002. Page 193.
25. Trumbull Higgins. The Perfect Failure: Kennedy, Eisenhower, and the CIA at the Bay of Pigs. New York: Norton, 1987. Page 117.
26. Lewis, Daniel. "Tad Szulc, 74, Dies; Times Correspondent Who Uncovered Bay of Pigs Imbroglio." The New York Times. The New York Times, 22 May 2001. Web. 10 Jan. 2013.
27. Trumbull Higgins. The Perfect Failure: Kennedy, Eisenhower, and the CIA at the Bay of Pigs. New York: Norton, 1987. Page 118.
28. Trumbull Higgins. The Perfect Failure: Kennedy, Eisenhower, and the CIA at the Bay of Pigs. New York: Norton, 1987. Page 118.
29. U.S Constitution
30. Coleman, John J., Kenneth M. Goldstein, and William G. Howell. Understanding American Politics and Government: Brief Edition. New York: Longman, 2011.
31. Coleman, John J., Kenneth M. Goldstein, and William G. Howell. Understanding American Politics and Government: BriefEdition. New York: Longman, 2011.
32. Coleman, John J., Kenneth M. Goldstein, and William G. Howell. Understanding American Politics and Government: Brief Edition. New York: Longman, 2011.
33. A.J Liebling "Freedom of the press is guaranteed only to those who own one."
34. Edward Herman, Manufacturing Consent: The Political Economy of the Mass Media, Pantheon 2002
35. Edward Herman, Manufacturing Consent: The Political Economy of the Mass Media, Pantheon 2002 Page 4
36. Edward Herman, Manufacturing Consent: The Political Economy of the Mass Media, Pantheon 2002 Page 14
37. Edward Herman, Manufacturing Consent: The Political Economy of the Mass Media, Pantheon 2002 Page 19
38. Edward Herman, Manufacturing Consent: The Political Economy of the Mass Media, Pantheon 2002 Page 27
39. Steven Donald Smith, "Hollywood , Military Cooperation Often Mutually Beneficial" American Force Press Service, U.S Department of Defense Website.
40. Steven Donald Smith, "Hollywood , Military Cooperation Often Mutually Beneficial" American Force Press Service, U.S Department

of Defense Website.
41. Steven Donald Smith, "Hollywood , Military Cooperation Often Mutually Beneficial" American Force Press Service, U.S Department of Defense Website.
42. teven Donald Smith, "Hollywood , Military Cooperation Often Mutually Beneficial" American Force Press Service, U.S Department of Defense Website.
43. David Barstow "Behind TV Analysts, Pentagon's Hidden Hand. " New York Times Website, 2008.
44. David Barstow "Behind TV Analysts, Pentagon's Hidden Hand. " New York Times Website, 2008.
45. David Barstow "Behind TV Analysts, Pentagon's Hidden Hand. " New York Times Website, 2008.
46. David Barstow "Behind TV Analysts, Pentagon's Hidden Hand. " New York Times Website, 2008.
47. David Barstow "Behind TV Analysts, Pentagon's Hidden Hand. " New York Times Website, 2008.
48. David Barstow "Behind TV Analysts, Pentagon's Hidden Hand. " New York Times Website, 2008.
49. David Barstow "Behind TV Analysts, Pentagon's Hidden Hand. " New York Times Website, 2008.
50. Kevin R Kosar, Advertising Government: An Overview. Congressional Research Service. 2012.
51. Edward Herman, Manufacturing Consent: The Political Economy of the Mass Media, Pantheon 2002
52. Gurr, Ted Robert. Why Men Rebel. Princeton, NJ: Published for the Center of International Studies, Princeton University [by] Princeton UP, 1970.
53. Zernike., James Barron et al, "Gunman Massacres 20 Children at School in Connecticut; 28 Dead, Including Killer." The New York Times. The New York Times, 15 Dec. 2012. Web. 09 Mar. 2013.
54. Cirilli, Kevin. "Obama Tears up over Connecticut Shooting, Moving Webs, pundits." The Politico, The Politico, 14 Dec. 2012. Web. 09 Mar. 2013.
55. Frosch, Dan and Kirk Johnson. "Gunman Kills 12 in Colorado, Reviving Gun Debate" The New York Times. The New York Times, 15 Dec. 2012. Web. 09 Mar. 2013.
56. Hauser, Christine "Virginia Tech Shooting Leaves 33 died" The New York Times. The New York Times, 16 April. 2007. Web. 09 Mar. 2013.
57. Spitzer, Robert J. The Politics of Gun Control. Boulder [u.a.: Paradigm Publ., 2012. 159-172.
58. U.S Constitution 2nd Amendment.
59. Whitney, Craig R. Living with Guns: A Liberal's Case for the Second Amendment. New York: Public Affairs, 2012. 71-74.
60. Whitney, Craig R. Living with Guns: A Liberal's Case for the Second Amendment. New York: Public Affairs, 2012. 71-74.
61. Whitney, Craig R. Living with Guns: A Liberal's Case for the Second

Amendment. New York: Public Affairs, 2012. 17-18
62. Bellesiles, Michael A. Arming America: The Origins of a National Gun Culture. New York: Alfred A. Knopf, 2000. 51-52.
63. Bellesiles, Michael A. Arming America: The Origins of a National Gun Culture. New York: Alfred A. Knopf, 2000. 53-54
64. Bellesiles, Michael A. Arming America: The Origins of a National Gun Culture. New York: Alfred A. Knopf, 2000. 53-54
65. Whitney, Craig R. Living with Guns: A Liberal's Case for the Second Amendment. New York: Public Affairs, 2012. 45-46
66. Whitney, Craig R. Living with Guns: A Liberal's Case for the Second Amendment. New York: Public Affairs, 2012. 45-46
67. Bellesiles, Michael A. Arming America: The Origins of a National Gun Culture. New York: Alfred A. Knopf, 2000. 112-115.
68. Spitzer, Robert J. The Politics of Gun Control. Boulder [u.a.: Paradigm Publ., 2012. 24-25
69. Spitzer, Robert J. The Politics of Gun Control. Boulder [u.a.: Paradigm Publ., 2012. 24-25
70. Spitzer, Robert J. The Politics of Gun Control. Boulder [u.a.: Paradigm Publ., 2012. 26-27
71. Bellesiles, Michael A. Arming America: The Origins of a National Gun Culture. New York: Alfred A. Knopf, 2000. 79-81
72. Spitzer, Robert J. The Politics of Gun Control. Boulder [u.a.: Paradigm Publ., 2012. 28-29
73. Lott, John R. More Guns, Less Crime: Understanding Crime and Gun-control Laws. Chicago: University of Chicago, 1998. 1-3.
74. Whitney, Craig R. Living with Guns: A Liberal's Case for the Second Amendment. New York: Public Affairs, 2012. 22-23
75. Gallup Poll "Public Believes Americans Have Right to Own Guns." Public Believes Americans Have Right to Own Guns. Web. 18 Mar. 2013.
76. Lapierre, Wayne. "All In !" NRA Publication American First Freedom.
77. Spitzer, Robert J. The Politics of Gun Control. Boulder [u.a.: Paradigm Publ., 2012. 13-14
78. Gallup Poll "In U.S., 38% Dissatisfied and Want Stricter Gun Laws." Gallup
79. Gallup Poll "In U.S., 38% Dissatisfied and Want Stricter Gun Laws." Gallup
80. Whitney, Craig R. Living with Guns: A Liberal's Case for the Second Amendment. New York: Public Affairs, 2012. 24-25
81. Whitney, Craig R. Living with Guns: A Liberal's Case for the Second Amendment. New York: Public Affairs, 2012. 24-25
82. Philip J. Cook and Jens Ludwig, Guns in America: National Survey on Private Ownership and Use of Firearms (Washington: National Institute of Justice, 1997)
83. Duggan, Mark. "More Gun More Crime." Journal of Political Economy 109.5 (2001):
84. Lott, John R. More Guns, Less Crime: Understanding Crime and Gun-

control Laws. Chicago: University of Chicago, 1998.
85. Lott, John R. More Guns, Less Crime: Understanding Crime and Gun-control Laws. Chicago: University of Chicago, 1998. Page 173.
86. U.S. Census Bureau. 2011 National Survey of Fishing, Hunting, and Wildlife-Associated Recreation
87. U.S. Census Bureau. 2011 National Survey of Fishing, Hunting, and Wildlife-Associated Recreation
88. Souter, Gerry. American Shooter: A Personal History of Gun Culture in the United States. Washington, D.C.: Potomac, 2012. 79-99.
89. Souter, Gerry. American Shooter: A Personal History of Gun Culture in the United States. Washington, D.C.: Potomac, 2012. 79-99.
90. Yee., Mark Landler And Peter Baker; "Obama Tells Town 'These Tragedies Must End'." The New York Times, 17 Dec. 2012.
91. Postman, Neil. Amusing Ourselves to Death: Public Discourse in the Age of Show Business. New York: Viking, 1985.
92. Postman, Neil. Amusing Ourselves to Death: Public Discourse in the Age of Show Business. New York: Viking, 1985.
93. Theodore H. White. The Making of The President 1960. New York: Athenaeum 1961. Page 288-289
94. Theodore H. White. The Making of The President 1960. New York: Athenaeum 1961. Page 290
95. Popkin, Samuel L. The Candidate: What It Takes to Win, and Hold, the White House. New York: Oxford UP, 2012
96. The U.S. National Archive
97. The U.S. National Archive
98. The U.S. National Archive
99. The U.S. National Archive
100. Coleman, John J., Kenneth M. Goldstein, and William G. Howell. Understanding American Politics and Government: Brief Edition. New York: Longman, 2011.
101. Coleman, John J., Kenneth M. Goldstein, and William G. Howell. Understanding American Politics and Government: Brief Edition. New York: Longman, 2011.
102. Coleman, John J., Kenneth M. Goldstein, and William G. Howell. Understanding American Politics and Government: Brief Edition. New York: Longman, 2011.
103. The U.S. National Archive
104. The Constitutional convention of 1787 in Philadelphia
105. The Constitutional convention of 1787 in Philadelphia
106. Theodore H. White. The Making of The President 1960. New York: Athenaeum 1961. Page 265-267
107. Theodore H. White. The Making of The President 1960. New York: Athenaeum 1961. Page 246-247
108. Theodore H. White. The Making of The President 1960. New York: Athenaeum 1961. Page 317
109. Theodore H. White. The Making of The President 1960. New York: Athenaeum 1961. Page 265-267

110. Theodore H. White. The Making of The President 1960. New York: Athenaeum 1961. Page 302
111. Theodore H. White. The Making of The President 1960. New York: Athenaeum 1961. Page 279-295
112. Theodore H. White. The Making of The President 1960. New York: Athenaeum 1961. Page 279-295
113. Presidential Election Facts, History Chanel Website.
114. State Elections Office. 2000 Official Presidential General Election Results. Federal Election Commission.
115. State Elections Office. 2000 Official Presidential General Election Results. Federal Election Commission.
116. State Elections Office. 2000 Official Presidential General Election Results. Federal Election Commission.
117. State Elections Office. 2000 Official Presidential General Election Results. Federal Election Commission.
118. Charle Lane. Deciding The President By Popular Vote is a Flawed Idea. Washington Post January 23rd 2012
119. John Brady, Bad Boy: The Life and Politics Of Lee Atwater, MA: Addison Wesley Publisher 1996. Page 72.
120. John Brady, Bad Boy: The Life and Politics Of Lee Atwater, MA: Addison Wesley Publisher 1996. Page 72.
121. John Brady, Bad Boy: The Life and Politics Of Lee Atwater, MA: Addison Wesley Publisher 1996. Page 72.
122. John Brady, Bad Boy: The Life and Politics Of Lee Atwater, MA: Addison Wesley Publisher 1996. Page 72.
123. John Brady, Bad Boy: The Life and Politics Of Lee Atwater, MA: Addison Wesley Publisher 1996. Page172-173
124. John Brady, Bad Boy: The Life and Politics Of Lee Atwater, MA: Addison Wesley Publisher 1996. Page 172-173
125. Darrell M.West, Air Wars: Television Advertising in Election Campaigns 1952-1996, Congress Quarterly Press 1996.
126. Darrell M.West, Air Wars: Television Advertising in Election Campaigns 1952-1996, Congress Quarterly Press 1996.
127. John Brady, Bad Boy: The Life and Politics Of Lee Atwater, MA: Addison Wesley Publisher 1996. Page 185-196
128. Alison Mitchel. "More Complaints about negative phone calls " New York Times Website, February 13th 2000.
129. Alison Mitchel. "More Complaints about negative phone calls " New York Times Website, February 13th 2000.
130. Alison Mitchel. "More Complaints about negative phone calls " New York Times Website, February 13th 2000.
131. Alison Mitchel. "More Complaints about negative phone calls " New York Times Website, February 13th 2000.
132. Peter Marks. "Bush Barked, But Voter Only Felt Mccain Bite" New York Times Website, February 21th 2000.
133. Peter Marks. "Bush Barked, But Voter Only Felt Mccain Bite" New York Times Website, February 21th 2000.

134. Peter Marks. "Bush Barked, But Voter Only Felt Mccain Bite" New York Times Website, February 21th 2000.
135. Peter Marks. "Bush Barked, But Voter Only Felt Mccain Bite" New York Times Website, February 21th 2000.
136. Stefan Forbes, Boogie Man: The Lee Atwater Story, Interpositve Media 2010.
137. NBC News, Police: 300 Occupy Wall Street Protesters Arrested in NYC. NBC News Website. 2011.
138. NBC News, Police: 300 Occupy Wall Street Protesters Arrested in NYC. NBC News Website. 2011.
139. NBC News, Police: 300 Occupy Wall Street Protesters Arrested in NYC. NBC News Website. 2011.
140. Karl Huus, Does Constitution Protect Campaigning Protesters. NBC News Website, 2011.
141. Freedom of Assembly, United States Courts Website, 2011.
142. Freedom of Assembly, United States Courts Website, 2011.
143. Freedom of Assembly, United States Courts Website, 2011.
144. Freedom of Assembly, United States Courts Website, 2011.
145. Freedom of Assembly, United States Courts Website, 2011.
146. Know Your Rights: Demonstrating in New York City, New York Civil Liberties Union. 2011.
147. Know Your Rights: Demonstrating in New York City, New York Civil Liberties Union. 2011.
148. Know Your Rights: Demonstrating in New York City, New York Civil Liberties Union. 2011.
149. Know Your Rights: Demonstrating in New York City, New York Civil Liberties Union. 2011.
150. Blake Gumprecht, The American College Town, University of Massachusetts Press, 2009.
151. Blake Gumprecht, The American College Town, University of Massachusetts Press, 2009.
152. Blake Gumprecht, The American College Town, University of Massachusetts Press, 2009.
153. Blake Gumprecht, The American College Town, University of Massachusetts Press, 2009.
154. Blake Gumprecht, The American College Town, University of Massachusetts Press, 2009.
155. Kelly Evan, "Why College Town is Looking Smart" Wall Street Journal Website 2009.
156. Kelly Evan, "Why College Town is Looking Smart" Wall Street Journal Website 2009.
157. Kelly Evan, "Why College Town is Looking Smart" Wall Street Journal Website 2009.
158. Kelly Evan, "Why College Town is Looking Smart" Wall Street Journal Website 2009.
159. Kelly Evan, "Why College Town is Looking Smart" Wall Street Journal Website 2009.

160. Spitzer, Robert J. The Politics of Gun Control. Boulder Paradigm Publ., 2012. 89-91.
161. NRA "About NRA" NRA Official Website 2012
162. John Mearsheimer, "The Isarel Lobby and U.S. Foreign Policy" New York: Farrar,Straus and Gioraux, 2008.
163. John Mearsheimer, "The Isarel Lobby and U.S. Foreign Policy" New York: Farrar,Straus and Gioraux, 2008.
164. Open Secretes "Lobbying Database" Open Secrets Website
165. Open Secrets, "Money Wins Presidency and 9 of 10 Congressional Race in Priciest U.S. Election Ever " Open Secrets Website 2008
166. Open Secrets, "Money Wins Presidency and 9 of 10 Congressional Race in Priciest U.S. Election Ever " Open Secrets Website 2008
167. Washington Post, "2012 Presidential Campaign Finance Explorer" Washington Post Website 2012
168. Scott Esther, "From Research to Policy: The Cigarette Excise Tax" Kennedy School of Government Case Program.
169. Scott Esther, "From Research to Policy: The Cigarette Excise Tax" Kennedy School of Government Case Program.
170. Scott Esther, "From Research to Policy: The Cigarette Excise Tax" Kennedy School of Government Case Program.
171. Scott Esther, "From Research to Policy: The Cigarette Excise Tax" Kennedy School of Government Case Program.
172. Scott Esther, "From Research to Policy: The Cigarette Excise Tax" Kennedy School of Government Case Program.
173. Stone, Peter H. Casino Jack and the United States of Money: Superlobbyist Jack Abramoff and the Buying of Washington. Brooklyn, NY: Melville House, 2010. 19-21
174. Stone, Peter H. Casino Jack and the United States of Money: Superlobbyist Jack Abramoff and the Buying of Washington. Brooklyn, NY: Melville House, 2010. 19-21
175. Stone, Peter H. Casino Jack and the United States of Money: Superlobbyist Jack Abramoff and the Buying of Washington. Brooklyn, NY: Melville House, 2010. Page 64-66
176. Casino Jack and United State f Money: Super Lobbyist Jack Abramoff and Buying of Washington. Dir. Alex Gibney, Perf. Jack Abramoff, Tom DeLay. Magnolia Home Entertainment,2010, DVD
177. Stone, Peter H. Casino Jack and the United States of Money: Superlobbyist Jack Abramoff and the Buying of Washington. Brooklyn, NY: Melville House, 2010. Page 64-66
178. Stone, Peter H. Casino Jack and the United States of Money: Superlobbyist Jack Abramoff and the Buying of Washington. Brooklyn, NY: Melville House, 2010. Page 61
179. Casino Jack and United State of Money: Super Lobbyist Jack Abramoff and Buying of Washington. Dir. Alex Gibney, Perf. Jack Abramoff, Tom DeLay. Magnolia Home Entertainment,2010, DVD
180. Stone, Peter H. Casino Jack and the United States of Money: Superlobbyist Jack Abramoff and the Buying of Washington.

注释

Brooklyn, NY: Melville House, 2010. Page 64-66
181. Stone, Peter H. Casino Jack and the United States of Money: Superlobbyist Jack Abramoff and the Buying of Washington. Brooklyn, NY: Melville House, 2010. Page 64-66
182. Casino Jack and United State f Money: Super Lobbyist Jack Abramoff and Buying of Washington. Dir. Alex Gibney, Perf. Jack Abramoff, Tom DeLay. Magnolia Home Entertainment,2010, DVD
183. Casino Jack and United State f Money: Super Lobbyist Jack Abramoff and Buying of Washington. Dir. Alex Gibney, Perf. Jack Abramoff, Tom DeLay. Magnolia Home Entertainment,2010, DVD
184. Jack Abramoff, Capital Punishment: The Hard Truth of Washington Corruption, D.C. WND 2011 Page 191
185. Kaiser, Robert G. So Damn Much Money: The Triumph of Lobbying and the Corrosion of American Government. New York: Vintage, 2010. 5-7.
186. Stone, Peter H. Casino Jack and the United States of Money: Superlobbyist Jack Abramoff and the Buying of Washington. Brooklyn, NY: Melville House, 2010. Page 87-89
187. Stone, Peter H. Casino Jack and the United States of Money: Superlobbyist Jack Abramoff and the Buying of Washington. Brooklyn, NY: Melville House, 2010. Page 87-89
188. Stone, Peter H. Casino Jack and the United States of Money: Superlobbyist Jack Abramoff and the Buying of Washington. Brooklyn, NY: Melville House, 2010. Page 22
189. Stone, Peter H. Casino Jack and the United States of Money: Superlobbyist Jack Abramoff and the Buying of Washington. Brooklyn, NY: Melville House, 2010. Page 24
190. Jack Abramoff, Capital Punishment: The Hard Truth of Washington Corruption, D.C. WND 2011 Page 83-90
191. Jack Abramoff, Capital Punishment: The Hard Truth of Washington Corruption, D.C. WND 2011 Page 83-90
192. Jack Abramoff, Capital Punishment: The Hard Truth of Washington Corruption, D.C. WND 2011 Page 83-90
193. Jack Abramoff, Capital Punishment: The Hard Truth of Washington Corruption, D.C. WND 2011 Page 180
194. Jack Abramoff, Capital Punishment: The Hard Truth of Washington Corruption, D.C. WND 2011 Page 181-182
195. Jack Abramoff, Capital Punishment: The Hard Truth of Washington Corruption, D.C. WND 2011 Page 189
196. Jack Abramoff, Capital Punishment: The Hard Truth of Washington Corruption, D.C. WND 2011 Page 191
197. Jack Abramoff, Capital Punishment: The Hard Truth of Washington Corruption, D.C. WND 2011 Page 191-192
198. Jack Abramoff, Capital Punishment: The Hard Truth of Washington Corruption, D.C. WND 2011 Page 191-192
199. Stone, Peter H. Casino Jack and the United States of Money: Superlobbyist Jack Abramoff and the Buying of Washington.

Brooklyn, NY: Melville House, 2010. Page 92
200. Jack Abramoff, Capital Punishment: The Hard Truth of Washington Corruption, D.C. WND 2011 Page 168
201. Jack Abramoff, Capital Punishment: The Hard Truth of Washington Corruption, D.C. WND 2011 Page 163
202. Casino Jack and United State f Money: Super Lobbyist Jack Abramoff and Buying of Washington. Dir. Alex Gibney, Perf. Jack Abramoff, Tom DeLay. Magnolia Home Entertainment,2010, DVD
203. Huntington, Samuel P. Political Order in Changing Societies. New Haven: Yale UP, 1968.
204. Huntington, Samuel P. Political Order in Changing Societies. New Haven: Yale UP, 1968.

后记：
青春留念

后记：
青春留念

今年，是我在美国留学的第六个年头，也可能是作为留学生的最后一年。当年踏出国门时的懵懂、憧憬和年少无知，似乎历历在目，转眼间自己即将踏上回乡的旅途。理想继续前行，人生中最活力、最青涩、最激情四射的时光，就在美国的中西部大学中度过。六年中的点滴经历，让我对这里也产生了如家一般的感情。回忆走过的路或苦、或甜，可从没有一天敢懈怠过。在这里所汲取的知识，转化成为我人生的经历与智慧，成为伴随我一生的财富。挥手一别，恐怕很难再以学生的身份回到这片土地。临行之际，希望以记录自己这些年来所学所感所思的特殊方式，来纪念这段客居美国美好的时光。并且为自己的留学生活，做一个小结或者画上一个句号。

作为一个初出茅庐的研究生，自认才疏学浅，尚不能激扬文字坐而论道，只想做一个讲故事的人，将自己六年来观察、体验和学习到的种种收获汇集起来转述给大家。也许，我作为一个学生和外来者，对美国的种种理解也未必精确到位甚或难免存在谬误。但并不妨碍为大家提供一个观察美国新鲜的视角。希望我的这些故事能够抛砖引玉，让更多的留学生、旅居他乡的国人，也诉说他们亲身感受到的世界。诚然，每个人都会有不同的感受，而这样的感

悟解美国
一个留学生眼中的美国规则

受并不带有粉饰或者抹黑的成分,也不简单地对其褒贬,或偏激、或过正,仅仅是以自身的体会和了解,去试图理解和诠释那些与我们不同的社会和人民。

正是这六年来对中国和美国的思索,让我决定回到祖国的怀抱,继续深造最终报效于她。背井离乡的生活,让我对自己的祖国与家庭充满了眷恋,日久弥深。为之进步而喜、为之积弊而忧。六年的留学生活,也让我明白我国与美国在制度、文化上的差异,以及各自的独特性。我深刻地意识到:只有回到中国才能切身感受和领悟中国现实的文化、经济和社会状况,只有扎扎实实地了解中国的社会文化、研究中国经济,才能最终找到符合中国国情的政策和规划,才能为国家的富强和人民的幸福做出自己应有的贡献。只有回到祖国,切身实地地去感受她的变化和需要,才能储备实现梦想所需的能量与学识,才能最终实现自己的理想与抱负。我坚信,在不远的将来,我们自己的国家也会成为别人口中童话般的国度。我们的人民也不再为食品安全担忧,不再为环境污染而困扰,过上安静、祥和的日子。只要我们不放弃努力,不放弃拼搏,总有一天我们会成功。少年强则中国强。未来的中国,责任在于我们!

在此,我感谢父母对我的养育之恩。是他们的培养和教育,让我明白自身的价值和人生的目标;是他们的爱怜和关怀,让我即便在大洋彼岸也能感受到家的庇护和依靠;是他们的支持和奉献,让我有这样的机会,去体验和感知这个原先的未知国度。我同样感谢德天,是她的鼓励和支持让我将自己的想法落在纸上,快乐地书写自己的青春故

后记：
青春留念

事，为青春留念。我还要感谢多年来帮助我的师长、兄弟和朋友，他们的提点、陪伴和照顾，让我的留学生活充满了精彩和幸福，让我的求知之路充满了力量和鼓舞。